全民微阅读系列

茄庄往事

赵文辉 著

江西高校出版社

图书在版编目(CIP)数据

茄庄往事/赵文辉著. —南昌:江西高校出版社,2017.9(2020.2重印)

(全民微阅读系列)

ISBN 978-7-5493-5870-0

Ⅰ.①茄… Ⅱ.①赵… Ⅲ.①小小说—小说集—中国—当代 Ⅳ.①I247.82

中国版本图书馆CIP数据核字(2017)第215554号

出 版 发 行	江西高校出版社
社　　　址	江西省南昌市洪都北大道96号
总编室电话	(0791)88504319
销售电话	(0791)88592590
网　　　址	www.juacp.com
印　　　刷	永清县晔盛亚胶印有限公司
经　　　销	全国新华书店
开　　　本	700mm×1000mm　1/16
印　　　张	12.5
字　　　数	180千字
版　　　次	2017年10月第1版 2020年2月第2次印刷
书　　　号	ISBN 978-7-5493-5870-0
定　　　价	36.00元

赣版权登字 -07-2017-1028

版权所有　侵权必究

图书若有印装问题,请随时向本社印制部(0791-88513257)退换

目录 / CONTENTS

第一辑　茄庄人物

三爷　　　/002

张木匠　　/004

七能人　　/007

三叔　　　/010

王铁嘴　　/013

刘棉花　　/016

茄庄的鸡　/019

四叔进城　/022

吃嘴　　　/023

村级广播站　/026

医术　　　/028

小叔　　　/030

结巴　　　/032

香胰子　　/034

菊妞　　　/037

成色　　　/039

朱秘书　　/041

大凤　　　/044

赵作家轶事　/046

第二辑　茄庄风俗

大脚婶　　/052

借鱼　　/054

丢碗　　/057

手势　　/060

一只鸡蛋的官司　　/062

筑巢　　/065

摸鱼摸虾　　/067

秋旮旯　　/069

盖房　　/072

村事　　/074

装大　　/078

乡间趣事　　/081

机井房　　/083

瞧戏　　/085

辫卡　　/087

找对象　　/090

听窗　　/093

唱戏　　/096

风筝　　/098

第三辑　茄庄往事

百羊川　　/102

滑县乞客　　/105

刨树　　/107

卖牛　　/110

群众文化　　/112

羊肉烩面　　/115

小兵摆大炮　　/117

买手机　　/120

1998，猪肉掉价了　　/122

磨剪子戗菜刀　　/125

洗澡记　　/127

看庄稼　　/130

门　　/132

新官上任　　/134

乡村校舍　　/136

一票　　/138

群众路线　　/140

栽树记　　/143

任务　　/145

第四辑 茄庄风情

在茄庄　/149

一只涩布的鸡　/151

独门小户　/154

乡村文人　/156

好事　/158

自行车上的恋爱　/161

运麦　/164

化验瘦肉精　/167

私了　/169

我算老三中不中　/171

丢了一回娘　/173

红棉花　/175

喝药　/178

麦根打官司　/181

爷们不在家　/183

抢种　/186

秋罢给话儿　/187

回老家　/190

眼泪　/192

第一辑

茄庄人物

三　爷

三爷十八岁时已经长成了一条汉子。那年夏天在打麦子，茄庄里的汉子们围在一起打赌，说谁能抱起石磙，每人就给一斤猪头肉给他。没人抱得动。三爷最后一个走上来，扎下马步，往掌心啐了口唾沫，抱住石磙，"嘿"一声居然站了起来。结果事后我们一家老小欢欢喜喜吃了整整一个月猪头肉。

我家是从山西洪洞大槐树迁移到卫水河畔的。三爷常扳起脚丫给人看他的小脚趾。三爷的小趾长着双指甲，祖上曾有传言，说洪洞后裔有双指甲者必将做一番轰天动地的大事来。三爷很自豪，他想自己总有一天会干一番大事，三爷的血液里面滚动着祖先的勇猛。那年开春，当日本人在我们庄烧杀抢掠时，洪洞汉子的血性使三爷须发倒立。

那是一个阳光明丽的日子，日本兵开进茄庄的时候，人们并没有想起躲避，村里天天过队伍，没有人知道又来了一支啥样的队伍。这支队伍走得很整齐，人们没有丝毫的害怕，只觉得新奇。然而当一个跑过去的小孩被一个日本军官用战刀挑开肚子后，人们才明白一场灾祸降临了，开始四散躲避。

我们一家二十几口人扑通扑通地跳进红薯窖躲避，祖父祖母并不下去，他们说："一把老骨头了还怕啥？"祖父祖母用一块青石板把红薯窖盖上后，就坐回堂屋抽水烟。这时两个日本兵闯进来,端起刺刀刺向祖父祖母。刺刀进去还没拔出来,三爷在日本兵身后出现了,他根本就没进红薯窖。三爷双眼血红,扑向日本兵。他以惊人的速度一手抓住一个日本兵的脖子,像抓了两只西瓜一样往一块儿撞,不一会儿两个日本兵的脑袋便成了漏口葫芦。大爷、二爷也闯了进来,三爷抄起一杆大枪往外冲,要去找日本人拼命,大爷、二爷抱住他,硬把他拖回了屋。

就在这一年三爷参加了八路军,那支队伍叫太行支队。连长一见三爷,就把全连唯一的一挺歪把机枪交给了他,说三爷是天生的机枪手。三爷刚学会使枪,队伍就在卫水河边跟日本人干了一场硬仗。

三爷嗷嗷叫着端着机枪冲在最前面,子弹从他身边嗖嗖穿过,他竟一点也不在乎。战士们受了感染,也一个个昂首挺胸往前冲,居然没有一个弯腰的。仗打得正激烈,三爷突然抱着机枪往回跑,连长以为他想逃跑,就用手枪瞄着他喊:"赵老三,你想临阵脱逃?"三爷看也不看连长的手枪,瓮声瓮气地说:"机枪太烫手,我拿不住了。"说着跑到河边把半截烧得通红的枪身探进河里,河里立即冒起一股白烟。三爷起身时趔趄了一下,他知道小腿肚叫小日本的子弹咬了一口。他狠狠地骂了一句,又端起机枪嗷嗷地喊着冲了上去,连长眼眶不由一热。

这一仗三爷腿上中了两颗子弹,伤还没养好他就一瘸一拐跟着队伍出发了。

三爷这一去再无音信。庄里有人说三爷死了,也有人说三爷做了大官,在外面又娶了家室不好意思回来。

三奶哪一样说法都不相信,她只盼着三爷突然出现在院门口,让她惊喜都来不及。有人劝三奶再嫁,她摇摇头,她只有一门心思：把孩子拉扯大，等着三爷回来。

庄里也有汉子想打三奶的主意，夜里跳进三奶家，用镰刀拨三奶的门插。三奶拿着菜刀冲窗外喊："你不怕赵老三回来找你算账？"外边汉子听见三爷的名字，立时蔫了，吓得兔子一样逃了。

三奶一直等到满头银丝，三爷还没回来。然而，从三奶无数次甜美的述说中，三爷的形象已经深深地扎根在了儿孙心中。

张木匠

张木匠是我爹，豫北乡下一木匠。早几年，手艺人很吃得开，木匠、铁匠、泥水匠、纸扎匠……不光挣钱更争脸，十里八乡老少爷们全看得起。张木匠手艺精活稠，闺女出门打嫁妆，盖房做窗子门框，死了人合棺材，都争着找张木匠。张木匠挣钱却不争脸，大人小孩都不把他当回事。我们弟兄几个也瞧不起他，当着面叫爹，转过脸唤他老小子。

张木匠别的毛病没有，就是好那一手。每年秋后挂锄，张木匠就背了工具箱带着徒弟去外乡找活。娘把一摞烙馍用蓝花布包了搁进工具箱，张木匠抬腿要走，却让娘的目光拽住了。娘开了口："他爹，这回可别惹事了？"

张木匠擂擂胸脯，让娘一百个放心。

娘还是不放心，一再关照："挣的钱带回来，过年好给孩几个买新衣裳。"

张木匠再次擂胸脯,当着我们兄弟几个的面在娘脸上拧一把,然后一转身挣断娘用目光拧成的绳,亮着花腔:"我走过了一架山又一架……"扬长而去。

一进腊月,娘就扳着指头计算张木匠的归程,还让四弟一天往村口跑几趟,瞅瞅有没有张木匠的身影。大哥说:"不过腊八,这老小子是不会回来的。"娘反对:"可不一定,要是挣足了钱,要是他……"娘说着停住了,脸上现出一片红晕,眼睛晶亮晶亮的。正如大哥说的,一过腊八,张木匠的花腔就在村口亮起来,四弟跟颗流星般跑回家报信:

"老小子回来了,老小子回来了……"

张木匠又没带回几个钱,娘翻遍了他的衣兜,失望地叹口气,眼泪要落下来。张木匠是个撒谎不脸红的人,又说在车站叫小偷摸走了。娘不信去问张木匠的徒弟,徒弟跟着张木匠干了一冬天满指望分个衣裳钱过年,谁知一分没得火气就大,把张木匠在外面如何勾引人家大闺女如何被逮住赔了人家多少钱全告诉了娘。娘听说后回家总要大哭一场,张木匠又是下跪又是打自己耳光,还把一条绳扔地上叫大哥把他勒死喂狗。娘总是一次次原谅他,一夜之后,家里又恢复了往日的平静,娘只好修改过年的计划,把开支的项目一个个砍掉。忙中也不忘给张木匠炒一碟小菜温一壶小酒。张木匠的花腔再次在屋顶的木梁上环绕。四弟趴着饭桌一蹦一蹦,眼盯着碟里的小菜,口水流了老长。张木匠却视而不见,谁也不让。

过了年,张木匠更要疯一番。老小子学过拳脚,会翻跟头耍大叉。"社火"会上,老小子头上包了黄头巾,脸上用劣质粉饼擦

得白一块红一块,跟个太平天国士兵一样,一把铁叉舞得呼呼生风,一边耍一边朝人堆里抛飞眼。一场下来总能敲定一两个相好,他白天耍大叉夜里就和相好的钻机井房。四弟是他们的通信员,传一次信领几毛赏钱买炮仗,跑得很起劲。"社火"过了半年四弟还念念不忘,偷偷问老小子:"爹,还传信不传?机井房给你拾掇净了,还铺了一层干稻草,暄着呢……"

张木匠还有一件出风头的事,就是上梁时扔"飘梁糕"。抱着木斗,里面有主家蒸好的指头肚一样大的糕和水果糖核桃大枣,黑压压里三层外三层的村人瞅着他。张木匠满脸通红,一边上梯一边唱:

一上两上,上到房上

主家来递斗,荣华富贵在里头

……

张木匠东一把西一把扔完下来,有小媳妇拽住问:"一直往那边扔,这边喊破嗓子也不见扔一把,相好在那边?"张木匠嘿嘿笑着,在人家屁股上拧一把,和主家喝酒闹乐去了。

我们渐渐懂事以后,都为张木匠做下的事感到羞耻,人前抬不起头,就不想理他。娶下媳妇后,儿媳们也嫌他名声不好疏远他,张木匠在家里很失落。倒是娘贴心贴肺近他,见天一壶小酒一碟小菜,一年到头不断。张木匠在娘面前发虎威,骂娘还打娘。大哥召集我们几个去,要揍老小子,吓得他钻里间不敢出来。张木匠从此后蔫了不少,开始拼命帮我们几家干活。可大伙还是很疏远他,四弟翻盖房子都没让他扔"飘梁糕"。张木匠一下子躺倒了。

再起来人瘦了一圈,说话也少了几分气力。照旧来我们几家找活干,干起来比年轻人还舍得下力。有一回,大哥家瓦房漏了,雨后张木匠竟一个人搬着梯子爬上一丈多高的房坡,一手提灰一手拿瓦刀,颤颤巍巍踩着长满青苔的房脊。我们赶到时正看到这一幕,一个个吓得气都不敢出。

我看见大哥的泪流了出来。

七能人

茄庄小,才几百口人,大庄的人提起,总是那句话:哼,茄庄?一铁锨就铲走了。庄不大却出能人,一年一个,跟中央电视台春节晚会出明星一样。年前赵晓跟他表哥从越南芒街倒回一批塑料盆,一毛五一个,运回家才合两毛,一下子发了。赵晓也一家伙成了庄里的六能人,过年一家五口人硬是吃掉一整头猪,院墙角堆起恁厚一摞空酒盒。庄里人从他家出来都啧啧:日,我日。

过了年赵晓把没卖完的盆拿出来继续卖,开凉菜铺的光明凑了来,问多少钱一只。赵晓说一块一只。光明一嗤鼻:"屁,谁不知道你一毛五进的,乡里乡亲的,还这么黑?"赵晓有些不好意思,摸出一根烟递上:"进价低不假,开支大呀!运费、关税不说,还请越南警察一条龙了一回……你说说,你说说。再说咱的盆也不孬,随便摔打都不崩,一块钱算贵?供销社卖一块半呢!"

说着赵晓拎起一只盆在胸前双手一箍,圆盆变成了扁盆,又反扣到地上让塑料盆屁股朝天,抬脚踩上去,塑料盆屁股立即陷

了下去。收起脚,马上恢复了原形。赵晓拎起让光明看,有没有踩坏？光明服了,掏出一块钱,说拌凉菜的那只盆崩了换一只结实的。要走,赵晓又摸出一根烟,问:"去年生意咋样？"

光明摇头,说:"巴掌大一个庄三家卖凉菜,你说说生意能好到哪儿？也就是顾个零开支。"赵晓去了一趟越南,自觉见识宽了,开导光明:"竞争,你死我活地竞争！低价,低价就是硬道理,把那两家竞争死！"光明点着头,心里却说人家没死说不定我先完蛋了。

仔细一想,又觉得赵晓的话有道理。光明回家和媳妇商量了两个晚上,最后决定把价落下来。"落多少？"媳妇问。

"啥价进啥价卖,一分不挣。"光明下了决心。

一试,生意真的好了起来。那两家却不愿意了,寻上门来不依光明:"啥价进啥价卖,有这样竞争的？"光明是个蔫人,平时人家踢他个响屁股也不敢还手,这会儿更蔫了。媳妇又是搬凳又是找烟,赔不是,给人家解释:"年头进的老货,再不卖就酸了,才……"人家信了她,临走扔下一句话:只准这一批,进新货敢低价卖,小心把门给你封了！

光明却一直低价卖了下去,那两家没再寻上门来,却雇佣庄里几个孬货夜里把光明家里的窗玻璃砸了,还扔一只死小猪到院子里。

都说光明这回肯定要把价格提上去,庄里人很惋惜,说以后吃不上便宜凉菜了。谁知光明领着媳妇把玻璃安上,价格照常不变,还进城用电脑刻了几个彩字贴在玻璃上:低价凉菜,便宜实惠。差点没把那两家鼻子气歪！

那两家只好也啥价进啥价卖,可坚持到麦罢却再也坚持不住了,先后关了门。又心不甘,寻上门来问光明:以后会不会提价?光明搬凳子找香烟,说:"咋会呢,低价卖就是想把铺里的烟酒带一带,赵晓说这跟城里超市的捆绑销售差不多!"那两家心说,赵晓去一趟越南就不知道自己姓什么,又跟光明下命令:敢提价,有你的好看!

光明果真一直低价卖了下去。

不知不觉又到了年底。年三十晚上一直到十二点才关门,媳妇坐床上合账,算算一年来的亏挣:"他爹,不挣钱干一年,明年还按进价卖?"光明不吭声,却把年初买赵晓的那只塑料盆洗了一遍又一遍,用抹布抹净了晾在桌子上。媳妇一边滴滴按计算器,一边问:"他爹,你洗那盆干啥?"光明还是不吭声,又去准备供品和供香,老辈人的规矩,大年三十要烧香敬神。这时媳妇忽然在床上叫起来:"他爹他爹,你快来看——"

原来媳妇一合账,竟挣了万把块。她不信,又滴滴合了一遍,还把存折找出来对了对现金,不错,一点不错!媳妇吓得大气都不敢出,瞪着光明:"你不是偷了人家的钱吧?"

光明扑哧笑了,让媳妇把心放肚里,说那钱都是靠卖凉菜挣的。媳妇不信,问啥价进啥价卖哪来的利?光明指一指桌上那只塑料盆,说靠它挣的。媳妇还是摇头,光明说:"咱家卖凉菜跟他们两家哪不同?"

媳妇想不出来,光明又引导她:"拌好凉菜咱是先过称再装袋,还是先装袋再过秤?"

媳妇回答说先过秤再装袋……忽然明白了,"嘿,他爹,你回回都把塑料盆卖给人家了!"

光明把那只塑料盆放在神位上,领着媳妇叩下三个头,说这就是咱的财神。媳妇一脸佩服："他爹,你该是咱庄的七能人了!"光明赶紧捂住媳妇的嘴："可不敢说,一说出来,我就屁也不是了!"

三　叔

茄庄的路本来能修好的,两回都让三叔弄黄了。

第一回,县建设局来奔小康,先修路。几辆铲车开进村,挖地面下基。路原本不直,工程员用白石灰划了印,要拆一批房。人家都通过了,到三叔这儿卡住了。提的条件吓人,气跑了村干部。硬拆,三叔往地上一躺,说谁敢动他一指头就让大叔把谁铐了去。大叔在市公安局当科长,庄里谁家犯了案都得求大叔,自然要高看几分。大叔为人很耿直,能办的事就给庄里人办了,不收礼,不让庄里人乱花钱。三叔却打着他的旗号给别人跑事,要钱要物,说是给大叔送礼的。做了好几回这样的勾当,大叔知道了很恼,要扇他。这回他抬出大叔,村干部知道大叔不会阻挡修路,就一笑:老三你别喷了,到你二哥跟前你还不是一只见了猫的老鼠,敢吱吱一声?

三叔一骨碌从地上爬起来,不信咋的?我给二哥打过电话了,这是俺家几辈人留下的老宅,风水全在这座院了,要不也不会出他这个大官!一拆,冲了脉气,他这官当不成不说,下一代还要遭殃。我二哥一听就急了,给我放了话,说谁敢拆就拿铁锨拍谁个孬孙,拍死他抵命,住院了二哥拿钱。不信你们打个电话问问,我二哥决不会让拆老宅。"呵,打个电话问问,这会儿就打!"

村干部听了,想想也是这个理,就摇摇头,叹口气收兵回营。建设局的人很恼火,又不好出面,气得连夜把铲车撤走了,拉来的几车水泥也没卸,掉头就走。

后来大叔听说了这件事,气得用手铐摔了三叔一头疙瘩。原来大叔根本没接过三叔的电话。再找建设局,迟了,奔小康结束,人家扛个黄旗气呼呼地撤了。茄庄的人都骂三叔,三叔却不知羞,还以为自己多有能耐。往街上走,一步三摇晃,跟人说话,肩膀也一抖一抖的。

第二回,也就到了今年。扶贫、奔小康都过去了,茄庄的人只有靠自己出钱修路。一家三百二百,村集体穷,拿不出多少钱,缺口很大。恰巧茄庄出了个白血病患者,省里一家私营企业老板捐了五万块钱,秘书来送钱,村干部出面接待。说到茄庄的路,表示可以回去跟老板说说。一说,老板爽快地答应了,支援几百吨水泥,茄庄的人高兴得疯了,天天盼着人家的水泥。谁知却又让三叔搅了。

三叔这些年好吃懒做,日子很紧巴。三叔还有个毛病,找人借钱借东西,说得比天塌下来都要紧,一到手,再不提此事。我就经历过好几回,下班回家,胡同口蹲坐一人,呼地站起来,是三叔。说三轮车叫运管所扣了,罚三百块,把我兜里的钱一股脑摸了去。又一回下班回家,胡同口又呼站起来一人,还是三叔,说三婶去医院抓药钱不够……借了钱,三年五年不提,我回老家,三叔见了我拐弯走,躲我。三叔借遍了其他亲戚。三叔缺钱,就想着法致富,在村口开了一个修配站。嫌修车的少,就往修配站前后两三里处

摔啤酒瓶,生意很是红火了一阵。

　　这一天,几辆后八轮货车经过修配站,一只备用胎掉下来。三叔见了,兔子一般蹿过去,把备用胎推过来藏进了屋里。一会儿货车司机找了来,问三叔,三叔摇头,说谁见你的备胎了?人家问了一圈明白了,又来找三叔,问三叔要多少钱。三叔伸出一根指头,司机猜:一百块?三叔眼一瞪:打发要饭的呀?一千块!差点把司机吓个跟头,最后给了三叔四百块。

　　几日后省里那家私营企业往村里送水泥,开车的人竟是那个司机。司机好不恼火,拨通老板的手机,说了备用胎的事,问老板:这样的刁民,咱也帮他?老板一听也很生气,命令他们马上返回,一包水泥也不给茄庄。

　　这回茄庄的人真恼了。三叔家的玻璃让砸了个稀巴烂,门上抹满了屎,三叔的小孩也让班里的学生打了一头鸡皮疙瘩。三叔去找人家家长,结果又让按住捶了一顿。回到家,三婶也跑了,还说跟这么个倒霉蛋过日子,没意思!三叔一急,犯了脑血栓,扑通一下倒在地上。

　　病好出院,三叔落了个嘴歪眼斜,走路也不利索,手里多了一根拐。三叔本来还该在医院住一段时间,可没钱交药费,提前出来了。也不敢在县医院开好药,就在村里开一些心疼定、尼莫地平片一类的普通药。去借钱,没一家借他。以前三叔见了亲戚躲着走,现在是亲戚们见了他躲着走,怕他张口借钱。

　　一瘸一拐的三叔,硬是把茄庄的路走歪了。

王铁嘴

茄庄有个响器班,谁家老人不在了要闹丧,一招呼,扔下铁锨锄头,腿肚上的泥巴也顾不上洗,拎起唢呐二胡就走。一瘸一拐地跟在后面的那个独眼小伙身上的东西最沉,左手话筒支架右手花鼓支架,后背手风琴,脖上还挂一面破锣,叮叮当当攥前面的人。这几年响器班的节目越做越现代,传统戏剧和流行歌曲不稀罕了,都要来劲的。茄庄响器班的来劲节目一个是刘小霞的甩衣舞,一个是王引来的顺口溜。瘸腿小伙就是王引来,大伙都叫他王铁嘴。

到了主家,王铁嘴搁下叮当一路的家什,开始支场子。两个看家节目放在最后,甩衣舞之后就该王铁嘴上场了。王铁嘴戴一顶破毡帽摇着屁股走一圈,又捏鼻捏嗓子来一句:"都来了没?"大伙哗一下笑了:"这货,学啥像啥,跟赵本山一个样!"最后是给亡人念"追悼词",现编的一大段顺口溜。当然都是颂词,主家很高兴,一般要多给钱,盛饭的时候往王铁嘴碗里多加几块大肉膘。

一回家,钱就交给娘。娘每次都去问别人,核实钱数,生怕他打埋伏。娘每次都说攒下钱给他娶媳妇,王铁嘴耳朵都听出茧子来了。

王铁嘴的嘴上功夫仿佛天生就有,九岁那年在地里刨花生,茄庄习惯连藤带果拉回家慢慢拽。路上免不了一拨一拨的小孩

拽花生，王铁嘴给爹出主意，叫爹藤朝外果朝里装车，小孩拽也只能拽一把花生藤。一试真管用，爹很高兴，夸他出的主意好。他一激动顺口溜就出来了：果朝里藤朝外，防止路上有人拽；一拽拽个光抹光，拿到手里都是藤……地里的人都笑了，夸他：这孩，这孩！娘却不笑，一张脸阴着，仿佛要下雨。王铁嘴心里一激灵，知道娘要赶他出门了。

他不是娘亲生的。爹和娘结婚好几年不会生，听说村口扔了个小孩，去看，往小孩腿中间一摸就抱回了家。村里人都说：肯定是那帮知青生下的，急着回城，怕闹明了回不去。娘给他起了个名：引来。还真管用，第二年娘就会生了。一口气儿生下两个弟弟一个妹妹，就不稀罕他了，觉着多余想赶他走。正顿饭不让他吃饱，半晌又把馍放起来。有一回他在楼上找到馍篮，结果娘发现馍少了，就用纳鞋的针在他手心里纳了三针，他以后再不敢偷馍吃了。饿急了就去地里找东西吃，刨田鼠洞烧麻雀摘桑葚挖幼蝉。那年夏天，雨后他挖了几十只幼蝉，他想让弟弟妹妹也尝尝鲜。带回家烧吃，弟弟妹妹一边吃幼蝉一边听他说顺口溜，欢天喜地。谁知搅了娘的午觉，出来一通骂，又抓起一把织布的梭子砸过来。他一仰头正好砸在左眼上，他疼得一哆嗦，栽在地上。等他醒来，发现左眼没了。村人都说娘心狠，他却很不安，连说怨自己，不该搅了娘的午觉。

娘果真把他赶了出来。他先在机井房住了一阵，好心人把他领到茄庄放羊，给个吃喝。十六七岁开始跟响器班，一天五块钱。这个时候娘却突然招他回去，还说手心手背都是肉。没过多久他就知道娘的用意了。眼看着二弟三弟用他挣的钱娶了媳妇，娘却把给他说媒的赶跑。后来被王大炮打折了腿，他更知道娘招他回来的真正用意了。

王大炮是茄庄出名的无赖,人人恨他又怕他。王大炮天天开着三轮车收黄豆,在秤上玩把戏挣黑心钱。每次挣了钱打酒回家,总要一路招摇,自编自唱:"开着三轮游四方,大把钞票兜里装;回家炒上四个菜,一壶小酒度日光……"王铁嘴听了,心一痒,就合了一段:"开着三轮串村庄,一天到晚心发慌;车上放个挂挡秤,瞅准机会把人诓……"笑翻了一堆人,都说解气。传到王大炮耳朵,恼了,拎一锄把儿来找王铁嘴,二话没说照他腿上就是一家伙。"啪"一声,王铁嘴就趴在了地上,小腿骨折了。抬回家,娘却不往医院送,也不找医生来。王铁嘴疼得咝咝抽冷气,求娘买止疼片。娘一扭头,跟没说一样。硬挺了几个月,再出来就成了瘸子。

腿瘸不耽误干活也不耽误挣钱,就是娶不下一房媳妇。娘却很高兴,也更有借口了:"又瘸又瞎的,谁能看上你!打光棍怕啥?你老了叫老二老三过继一个小孩给你!"他就牛马一样干了下来,响器班挣的钱仍然一分不少交给娘。娘接钱的时候,他就看到了娘的笑脸。他稀罕娘的笑。

王铁嘴从来没想过他的亲爹亲娘,娘说他是石头缝里蹦出来的,他也觉得自己来得不明不白。谁知这一天村里忽然来了一辆"小鳖盖",钻出一对中年夫妻。他们找到王铁嘴,只一眼,就抱住了王铁嘴。一边的人见了,都说:像,像,铁嘴跟他俩长得一模一样!

他们要接王铁嘴进城,王铁嘴却跟他们要两万块钱。他们身上只有一万,王铁嘴说非要两万。男的又坐"小鳖盖"进城去取,说卡上有钱。两万块到手,王铁嘴进了屋,把钱搁桌上,"扑通"

一下给娘跪了下来,啥也不说,梆梆梆叩下三个响头。娘一脸愧色送到村口,王铁嘴拽住娘的手,双眼噙泪:"他俩说进城给我找个工作,挣了钱我就给你寄来,娘!"

娘的嘴角动了一下,却没笑出来。

刘棉花

斗大的字识不得半筐,不认磅不会算账,却做大生意,上百万的资金转着圈,屁股底下一辆2.0桑塔纳。在茄庄"日儿——"一圈,"日儿——"又一圈,一天不下十来回。这就是刘棉花。

当然不是真名,因为倒腾棉花发的家,都叫他刘棉花。十年前刘棉花去乡棉站售棉,算账的时候棉站的丁会计中午喝多了酒,把一沓百元票子当成十元扔出窗口。刘棉花刚"哎"一声,同来的一个堂哥用手捂住了他的嘴,把他推到一边,然后不动声色接过丁会计扔出来的票子,拉起刘棉花就走。丁会计一口气扔出五万多,等他酒醒后再去各村往回要,却难了:都不承认。丁会计要了两天,见没了希望就垂头丧气地往回走,那时候工资还不高,五万块对丁会计来说简直就是个天文数字。要不回就得自己赔,丁会计越想越没出路,路过供销社时买了一瓶"敌敌畏"。来到村外无人处,拧开瓶盖往嘴里送。突然飞来一物打掉了农药瓶,丁会计一看,是一沓百元钞票。

自此后俩人成了"厚人",丁会计让他收棉花来卖,丁会计说我就是看中了你这一点,让他找一个会算账的跟着。来棉站售棉,每次都给他长1到2个等级,三十五十块就到了手。隔一段时间刘棉花就钻一回丁会计的单人宿舍,出来时丁会计也不送,好像挺不耐烦似的。刘棉花几年下来盖了一座红瓦房,惹得一庄人眼红。后来丁会计升成了站长,刘棉花照例倒棉花,只是骡马车换成了大汽车,软包装换成了硬包装,一次三车两车,都是高等级。卖了花,几十万现金,大票小票的用化肥包一装,背起就走,接着倒第二趟。有一次,他背着化肥包回到茄庄,准备第二天去拉货。家里人一看,嘴都成了惊叹号。爹把院门插上,还用杠子顶住,然后端了一杆填满铁硝和炸药的猎枪在屋里屋外转悠,一夜没敢眨眼。媳妇也一样,怀里抱一把菜刀,身子抖了一夜。天明的时候,爹望着那一堆钞票突然哭了,说他一辈子没见过这么多钱。问这钱是不是儿子挣的?刘棉花一笑,告诉爹,说它是也不是,说不是它又是。说得爹和媳妇如坠雾里。

刘棉花隔一段时间照例钻丁站长的单身宿舍,出来时丁站长照例不送。但刘棉花的生意却是真大了,有时棉站司磅员过一天棉花,一看码单全是刘棉花一个人的。他让那个亲戚跟着算账,还买了一辆新桑塔纳,让那个亲戚给他开着,在庄里"日儿——日儿——"地乱窜。庄里人都知道刘棉花发了,据小道消息,刘棉花还在城里养了一个,不知是真是假。

谁知他的"厚人"丁站长却出事了,有人告他包二奶且有实有据,在城里什么地方买的房子生的还是男孩,已经两岁了。告他的人显然下了大功夫,丁站长知道自己得罪人了。纪检委下来调查,丁站长不慌不忙,说这是诬告,如果真有这回事他情愿去坐牢。纪检委把那女的控制起来询问，女的承认自己是被人包的。说了出来，却是刘棉花。刘棉花一个农民，纪检委也没法处理，自然不了了之。后来丁站长又被告了，检察院传唤去，说是有一批卖给纱厂的棉花掺杂使假，打开棉包外层是好花里面却是废棉、短绒和石头。丁站长还是不慌不忙，说他们棉站也是受害者，因为收的就是这个样，夜间检验没检查出来。叫来售棉者一问果真如此，就把售棉者逮捕了，判一年半还要罚款。这个售棉者就是刘棉花。罚款的时候，刘棉花却说没钱，去银行冻结他的账户，一看，账上只有几千。没钱不说，刘棉花还有贷款，几个银行加一块儿竟有几十万。去扣他的车，车早没了影，一查，根本不是刘棉花的名。就又加了一年刑。

刘棉花服完刑一出来就兴冲冲去找丁站长，谁知丁站长却躲着他不见，打手机又一直关机。刘棉花心里一咯噔，赶紧去银行查另一个账户的钱，账户上的钱早让人取走了。刘棉花心里再一咯噔，还有一个人知道这个账户和密码。刘棉花不死心，再找丁站长，丁站长还是躲他。银行听说他出来都找上门追贷款，法院巡回法庭把他的房子家产一并收去还贷款。刘棉花全家只好住进了庄口的机井房，爹一急犯了脑血栓躺在床上不会动了。医生来输了几回液体见他家拿不出钱，再去喊，不来了。爹流着口水哇哇说不清还只管说，大概是不让管他了，全家哭作一团。刘棉花从闹哄哄的家里逃出来，他不知道该到哪里，只管瞎转悠，转到供销社一头扎了进去。他拿起一盘绳拉拉又放下，怔了一会儿，就买了一瓶"氧化乐果"。

刘棉花来到庄口，也就是当年丁会计喝"敌敌畏"的地方。刘棉花很觉惊奇，自己咋来到了这地方。刘棉花打开瓶盖，一股刺鼻却带着甜浓浓的气味直扑鼻腔，他往嘴里倒的时候突然想：自己的"厚人"会不会也在暗处藏着，使出一沓钞票砸一家伙呢？

茄庄的鸡

茄庄的鸡爱搞腐化，公鸡骚母鸡浪，生活作风很不检点，方圆几十里出了名。这不，今儿就闹出一桩事。

一只叫芦花的小母鸡背着对象跟一个有妇之夫钻了几回鸡窝，对象去找有妇之夫算账，打不过人家，让有妇之夫摔了几个跟头，垂头丧气地回来了，蹲到墙角生小气。芦花刚要过去认个错安慰安慰对象，有妇之夫的老婆母夜叉酸桃骂骂咧咧地闯了进来，说芦花不要脸，勾引了她男人要把芦花的脸撕扯。芦花别看还是个闺女，可经历过几个男人，刮过几回宫，也不是个善茬。一个母夜叉，一个小悍妇，话没说上几句就干起来。母鸡战母鸡，丝毫不比公鸡斗架差，那个狠劲没法说，不一会儿，俩人头上都是血淋淋的。芦花想叫对象来助战，一看，早没了影。

正对峙着，酸桃的主人村主任来了。酸桃大喜，冲村主任"咯咯"地叫个不停，想让村主任评评理，教训教训芦花；芦花也不示弱，也"咯咯"地叫几声，她知道村主任正跟自己主人的老婆小杏有一腿子，她相信情人比老婆重要的道理，认为村主任肯定会偏向自己。谁知村主任对她俩的讨好视而不见，又嫌她俩挡

路,左一个飞脚,右一个飞脚,把她俩踢了一溜儿跟头。然后大声叫着:"小杏,小杏!"直奔小西屋而去。

芦花和酸桃一个跳到东墙头,一个跳到西墙头,狠狠朝着西屋瞪了几眼。村主任不理自己,酸桃觉得丢人,振翅一跃,走了。芦花也很无趣,在墙头上溜了几个圈,振翅一跃,跳到小西屋台上,想瞅瞅村主任和小杏在干什么。

小西屋是一个杂物间,一个锅台,一个一人多长的大案板,一大堆萝卜缨。原来小杏在腌黄菜。茄庄的腌黄菜在豫北是很出名的,就是萝卜缨洗净晾干,用热水一汆,汲干水,放进缸里闷,撒一些佐料,一月出头酸味就出来了。炒吃、拌吃、烙馍,做糊涂面条……吃法很多,也真馋人。一个在北京做了副部长的豫北人,每年都要让老家的亲戚送几包黄菜去。村主任也爱吃,自己老婆却粗枝大叶腌出的黄菜烂叶多尘多,所以每年入冬小杏要腌两缸,一缸自家的,一缸给村主任。今儿村主任一进门就瞧见两只小缸洗得干干净净,知道小杏心里惦着自己。小杏说:"你那一缸我用的都是上好的萝卜缨,挑了好几遍……"村主任大喜,一把抱住小杏:"小杏你腌的黄菜好吃,你更好吃,我再吃一回。"说着就把小杏按到了案板上,小杏举着双手,沾满了菜叶。

芦花正好见到这一幕,不由偷偷地一笑。一扭头,却见小杏在村小学当民办教师的丈夫回来了,胳肢窝夹了一堆学生作业。芦花不由替村主任和小杏担起心来,她咯咯叫两声,冲他俩报信。谁知村主任和小杏正在酣处,置若未闻。芦花急了,跳下窗台,从门缝里钻进了小西屋。村主任的鞋掉了一只,芦花就在那只光脚上不停地叨起来。村主任终于让她叨停下来,村主任穿上鞋,扭头大骂:"老子正起兴,却叫这只鸡搅了!"

好心落个驴肝肺——芦花沮丧地退出小西屋。

芦花的担心其实是多余的,民办教师行至小西屋,听到里面的动静就住了步悄悄往堂屋去了。一直到村主任出来,他才露面,满脸笑:"村主任,小杏给您腌的黄菜……"村主任的怒气还未消,指着芦花鸡骂:"都是这只鸡,败兴,剁了它……"然后摇摇晃晃地走了,裤子的前拉裢只拉了半截,出了院门才全拉上。

芦花一惊,民办教师也一惊。小杏头发乱蓬蓬从里面出来,胸衣还有两个扣没扣上,露出一片红。民办教师一转身,哈腰逮住了芦花,对小杏说:"这个不要脸的东西败了村主任的兴,我剁了它!"

拎到小西屋案板上,操起刀,"砰"的一声,芦花连求饶都没来得及就被剁了。

小杏浑身一颤。

酸桃听说芦花被剁之后,高兴得差点岔了气。晚上她见民办教师来到村主任家,把一件东西搁在饭桌上,怯怯地说:"村主任,我把它剁了,您补补身子……"那是一只洗剥干净的小母鸡。

酸桃见了,脖子后直冒凉气。

四叔进城

四叔没文化,属于村人说的那种"睁眼瞎"。年轻时四叔去市里办事,现在提起来还脸红。那回四叔要去市里,小队会计说钢笔坏了,托他捎个"英雄"牌钢笔。一下车,四叔自己的事还没办,就奔百货大楼给会计买笔,要不怎么说四叔是个热心人哩。买好笔,四叔插进上衣兜,然后才去办自己的事。这时四叔忽然小肚子一阵发紧,他已走出百货大楼老远一段路了,却找不见厕所。折入一个小巷,忽见一处厕所,四叔急奔过去,却分不清"男女"二字。那年代像四叔这种斗大字不识一筐的"睁眼瞎"比比皆是,有的挣了半辈子工分,连自己的名儿都不会写,四叔不认男女厕所一点也不稀罕。小肚子又一阵"告急",四叔顾不得许多钻了进去。刚解决完,裤带还没来得及束紧,进来两个妇女,一见四叔,俩人大呼"有流氓"。结果来了一群人,把四叔捉了,送进了街道革委会。审四叔,四叔说不识字,革委会一个妇女拿鸡毛掸照四叔头上就是一下,指着四叔胸前的钢笔问:"不识字你带钢笔干啥?"四叔如实回答:"捎的。"革委会把"捎的"听成了"烧的",在豫北方言中,"烧"就是不要脸的意思。这下可坏了,四叔着实挨了几老拳和一顿鸡毛掸。回到家,四叔发誓:往后八抬大轿抬我也不会再去市里啦。

一晃20年过去了,这回四叔却违反自己的誓言,又要去市里。去干啥？河南电视台"梨园春"分部在市里设立,来了一堆名角,银环妈、李豁子、"土特产"范军……四叔是个老戏迷,平时光在电视和广播里见这些名角,却没见一回真人,心里便痒得不得了,50块钱一张门票,眉头都没皱一下。过完戏瘾出来,四叔想小解,身边一个戏迷指着前边告诉他:厕所在那儿。这回四叔没慌张,要知道,这20年他就认下两个字:"男"和"女"。这时四叔见前面一个小伙子也正往厕所赶,便跟着他去,心说:这可比那两个字还保险呢。四叔三步并作两步跟着小伙子进了厕所。小伙子宽衣要蹲下,一扭身发现了正找小便池的四叔,一下子大呼小叫起来。四叔一听,竟是个女的。惊来不少人,巡警也来了,问是咋回事。这回四叔可没怵场,指着那个"小伙子"对众人说:"她留个小平头,还穿着这身衣裳,从后瞧,谁敢说不是个男的?"

吃　嘴

　　在豫北乡下长大,碰见过形形色色的庄稼人,就像县剧团乐队的二胡、笛子、唢呐一样,各吹各的调,一搅和,也是一台嘶嘶哑哑的乡戏。搁在剧团乐队里大哥算哪一样呢?我说大哥是那歪脖小号,用着的少闲着的多,老是肚子饥,一副眼乞乞的模样。爹说十根手指伸出来不一般长,弟兄四个咋就出这么个败兴鸟呢。
　　要不是亲眼看见,真不敢相信大哥从小就那么吃嘴。我们在街上玩,邻居建国拿一块烧焦的馍坐在石头上香乎乎地吃,大哥

就凑过去,蹲建国跟前,扯些掏鸟窝和谁谁家石榴快熟了一类的闲话,趁建国不防,猛一下子夺了建国手里的馍撒腿就跑,边跑边往嘴里塞。建国哭着追到俺家,娘拾起笤帚就敲大哥,大哥让敲了一头鸡皮疙瘩却愣没把馍吐出来,噎得一伸脖子一伸脖子的,硬咽了下去。再一回建国拿了馍坐石头上,大哥又来了,再往跟前蹲,建国就警惕起来,用手护着馍。大哥照自己脸扇了一下,对建国说:"建国你把心放肚里吧,俺还能这么不要脸再抢你的馍……这回俺只闻闻香味就中了。"建国信了他的话,大哥闻着闻着却一口咬了去。

大哥长大成人后,馋嘴这个毛病却一点没改,真没少给家里丢人。村里有个红白喜事,人家喊不喊,大哥都要涎着脸去赶场。开饭时他擎了勺半天不撒手,在锅里挑肉拣豆腐,下作劲叫好多人看不起他。就有人用筷子举着一块大肥膘,问他:"赵老大,你吃不吃?"大哥颠颠地跑去,把碗伸过去。人家却不给他,有条件:"得叫弹你一个崩儿。"大哥便赶紧把头伸过去:"弹吧,弹吧。"人家就在他乱蓬蓬的头上用指头崩崩弹几下。众人都在一边哗哗笑。我见了很觉丢人,回家说给爹。大哥回来,爹好一顿揍他,揍得他只求饶,保证以后不敢了。狗改不了吃屎,再听见谁家放火鞭,他照样过去拣肉膘。

不久前爹腰疼病犯了,捎信叫我买两贴膏药回去,我就急匆匆地赶回老家。吃过晚饭,和爹正唠磕,听见有人在院里咳嗽,边进屋边说:"听说老四回来了?"我一听,是大哥。我问大哥咋知道我回来了。大哥说全凭鼻子,只要你一进村我就能闻出来。我扔给他一根烟,继续和爹唠嗑。大哥坐下来,眼睛睃了一圈,鼻子也一个劲吸。我知道他在找什么,只好取出几只"乡巴佬"鸡蛋,大哥嘴上连连谦虚："才吃了饭,肚里搁不下。"爹斥他："装啥洋相呢? 不知道你是个大肚皮? 老四叫你吃你就吃!"大哥嘿嘿笑着,就不客气起来,五个"乡巴佬"鸡蛋,一眨眼工夫全进了他的肚子,抹抹嘴,又把给爹买的酸奶喝了两盒。临走,大哥嗅出了点什么,问:"老四,屋里咋腥味恁大哩?"我笑了,嘱咐他:"明天来吧,我还带了条鱼没剖呢。"

这一次回家,我给三哥的儿子壮壮买了一盒"喜之郎"果冻,一共六只。壮壮是三哥违反计划生育罚了万把块钱才生下来的,一家人都叫他"金疙瘩"。那天,壮壮拿了果冻在院子里玩,恰恰让大哥碰见了。大哥还没见过那果冻,腮帮子一吸一吸的,就有些走不动了。大哥在壮壮跟前蹲下来,问:"这是啥东西,让大伯瞧瞧。"壮壮递给大哥,大哥就眨巴眨巴眼睛动开了脑筋,说:"壮壮大伯平时恁亲你,你不让大伯尝尝?"壮壮想了想,就从盒里挖出一个给他。大哥抠开上面的薄膜,刺溜一下吸进了肚子。大哥从没吃过这么好吃的东西,眼睛就不由盯着那剩下的五只。大哥问壮壮:"壮壮是个好孩子,这五只,你是一个人独享呢还是分给大伙吃?"壮壮经不起夸,就说分给大伙吃。大哥又问:"你准备咋分吃?"壮壮说:"爷爷奶奶爸爸妈妈和我,一人一只。"大哥连连伸大拇指,夸壮壮懂事长大能当个大将军。夸完又提出,爷爷奶奶那两份由他捎去,壮壮就不用跑腿了。壮壮信了他。

谁知道他没出街门就一股脑塞进了嘴里。几天后壮壮去问爷爷奶奶果冻好不好吃,大哥露了馅。

这一回,大哥五十多岁的人了硬是又让爹敲了一头鸡皮疙瘩。

村级广播站

四叔不识字,却干了 30 年广播员。村里人都评价四叔的水平差:换谁都比老四强!四叔也承认,说自己是气蛤蟆叠桌子腿——硬撑这一摊。

四叔的水平也就是接接电话喊喊人,通知个会议,要不谁家的钥匙丢了驴跑了,广播里找。几句话就能说清的事,他却颠三倒四广播半天:"小广在抓勾家打麻将……钥匙不见了……两个钥匙用黑绳穿着……谁见了,想吸烟说一声……"一村人都反对,说:这个老四,比个娘儿们啰唆!

四叔最怕村干部让他编节目,就是说个笑话顺口溜,或来几句广告词,比让他耕二亩地还难。村干部很不满,好几回斥责他:东村的广播员自编自演,天天不重样;西村的广播员和你一样没文化,可人家的快板张口就来,村里有啥好人好事都能编成顺口溜。你只会通知个会议!这一批评,四叔脸上架不住了,经过一番努力总算挤出几个段子。

先是赵金星家养个公猪专门配种,一次四块五,来找他广播,他几天几夜没睡觉挤出四句"广告词":赵金星,猪打圈,西北角,四块五。喇叭里一广播,笑翻了一村人。都说:这货,进步了!另一件事是四叔每天早上用收音机对着麦克风放天气预报,村人很欢迎。有一次,收音机坏了,四叔又吭吭哧哧琢磨出一段"天气预报",对着喇叭说起来:村级人民气象站,推开窗户往外看,不是阴天是晴天,不是晴天是多云。老四播放。

又笑翻了一村人。

虽然村人对四叔的广播效果不满意,大人小孩都敢随意评价四叔,可四叔的声音在村子里回荡了几十年。仿佛大年初一那顿饺子,硬是离不开了。后来大家还发现了一个秘密:一直到现在四叔的声音还和年轻时一样,朗朗有力,没有变老。当年和四叔一般大的现在已抱上了孙子,头顶秃了,胡子白了,他们一齐嫉妒四叔:"老四咋比咱们年轻,他是沾了这广播的光——"四叔不承认,只一个字:球。

不久前四叔退了,支书的侄子换下了他。年轻人毕竟是年轻人,一上任就把那旧喇叭换成了新喇叭,说音质不行了。四叔一遍一遍地抚摸那两只喇叭,像摸自己的孩子一样,眼里汪了一摊水。年轻人不光广播用普通话,节目也是天天不重样,流行歌曲、相声、豫剧啥都有,热闹了一村。村支书逢人就翘大拇指:有文化就是不一样。

四叔的声音在村里飘了大半辈子,一下子换了,没了,村里人都觉得少了样东西似的不习惯。通知开会,往往广播几遍支委的名字,听惯了四叔声音,现在换成村支书的侄子,好几个支委竟觉得这个年轻人广播的是别人的名和姓,好几次没来参加会。还生村支书的气:开啥小会呢,把咱排除在外。

四叔在家里闷了几个月,再出来,惊了一村人,四叔的头发全白了,背弯了许多,声音也老得像换了一个人……嫉妒过四叔的人都明白了:老四的精气神儿,敢情都在那破喇叭上了。

医 术

豫北乡下也出好医生，多是家传秘方专治什么病，比如恶疮、烧伤、小儿百日咳、妇科杂病……还真管用，一两服药就能拿下。药钱也不贵，只是城里医院的零头。城里医院还得检查化验，一个感冒就得五六样项目楼上楼下兔子一样不停地蹿，最后结果出来，屁事没有，几片 APC 和阿莫西林就能搞定。很多病号嫌城里医院麻烦，结果乡村医院的大夫便忙起来。城里人的光顾和信任，也让这些乡医一下子庄重起来。

茄庄的小同，自幼随祖父学医，专修儿科，治拉、治热、治抽风儿，尽得真传。后来祖父年事已高，不再行医，每日下棋呷茶，全不管药铺之事。小同独立行医，愈加谨慎，从未失手，名气一日日大起来。

这天，城里一局长开车来请小同，去给他的小孩看病。这位局长曾在乡里任职，自然晓得小同的医术。他的小孩体弱，进城之后学习任务又重，于是伤风感冒不断。城里医生每每如临大敌，小小感冒又是验血又是验尿，开一堆药就是治不好，小孩的身体反而越来越弱了。有时一病就是十天半月，不能上学，急死人了。这一次小孩又患感冒，头疼、发热，他猛地想起了小同。在乡里时，小孩有个头疼脑热，找到小同，哪一次不是药到病除？

小同被请到城里看病还是第一次，自然十分尽心。他仔细检查了小孩的病情,确认是发烧引起的扁桃体发炎。先给小孩扎了几针,把眉心、耳朵、手窝的毒泻了泻。然后开了一个处方,多是消炎去火药。谁知几天后,局长来找小同,说小孩吃了药一点也不见效。小同不信,随局长进城,看了看小孩吃的药,又看了看小孩的症状,炎症果真不见减轻。小同心里说:"怪了,以往这样的病号扎过针只吃一天药就能见效,莫非城里药店的药有假?"他让局长跟他回去,开一处方,亲自抓药,交给局长:"上消炎,下去火,不出三天,小孩就能上学了。"局长满怀希望拿着药走了。三天后,局长打来电话把小同数落了一顿,说吃了小同的药屁用都没有,小孩高烧不退,喉咙都见脓了,现在已经住院,险些误了大事。最后局长说:"没想到才两年不见,你的医术就退步成了这个样子,还吹什么牛,三天就能让小孩上学?"

小同又气又羞,心里说,怎么区区一个小病自己都医不了呢?他翻看医书,对照旧病例,反复思考,也想不出失败的原因,难道自己的医术也是"水土不服",到城里就不灵了?最后他只好去请教祖父。祖父听后,哈哈大笑,不紧不慢地将一小壶香茶呷完,如此这般一说,小同茅塞顿开。

又有城里小孩来就医,小同依祖父吩咐,药方不变,只是药量比平常大了半倍。还真管用!小同大喜:乡里孩子有个头疼脑热一般不看,能抗就抗过去了;城里孩子娇惯,伤风感冒马上去医院,吃药把身体都吃虚了。乡里孩子抗病,城里孩子抗药,祖父所言极是。

医术有时就是一层薄薄的窗户纸,一捅即破。经祖父这么一捅,小同的名气又大了起来。

小 叔

　　小叔倔,用花婶的话说,"倔得像头驴"。小叔爱认个直理,一辈子没做过亏心事。

　　小叔会孵小鸡手艺,前几年家里开着作坊。这年春天,三乡五里的大娘大婶都扛着鸡蛋来换鸡崽。小叔蹲在躺椅上,手里捏一只泥壶,一边呷茶,一边告诉她们捉回去先饮水,小米泡软了再喂。其实她们也知道怎么喂,偏偏还要问问,好像只有听了小叔的嘱咐鸡崽才肯长大似的。小叔家境因此很滋润。他就对正上高中的扎根哥说,等你毕业了给你买辆摩托。高兴得扎根哥只想马上毕业。

　　后来村里孵小鸡的作坊一年年多起来,生意渐渐不好做了。扎根哥毕业这年,一算账,还赔了钱。小叔叹口气,说:这生意没法做啦。扎根哥毕竟念过书,脑筋转弯快,出主意说旱鸭好养下蛋还多,咱干脆孵小鸭吧。小叔同意试试。扎根哥说干就干,跑到郑州,弄来一批康贝尔鸭种蛋。

　　小鸭孵出来,果然好卖。小叔脸上立马见了红光,又开始捏着他的泥壶,给人家讲鸭的喂法了。母鸭崽两块钱一只,公鸭崽两毛钱都没人要。小叔正愁着,村里一个叫黑山的"生意精"找上门来,说他全包了,一毛五一只。小叔很乐意把孵出来的公鸭崽给了黑山。黑山每次来,小叔都问他:卖到哪村了?多少钱一只？赚钱了没有？黑山低着头数鸭,绕开小叔的问话,说:不挣钱不挣钱,跑一天才挣个饭钱。又说上次少了几只,要小叔给他补上。

直到有一天西村的五保户黄老太找上门来,一屁股坐在当院握住脚哭起来,小叔才知道了是怎么回事。原来黑山在外面做的是黑心买卖。他把公鸭崽的生殖器一个个全剪掉,当母鸭崽卖。卖前还给鸭崽灌石灰水,灌过石灰水的鸭崽养不了几天就会死掉。卖鸭的时候,黑山打的是小叔的名号。

小叔急得直转圈,嘴里一个劲说:这不是坑人吗？这不是全怨咱吗？……他把黄老太的买鸭钱还给她,又让花婶从枕头底下取出一沓钱,就揣上钱黑乎着脸骑上自行车出去了。

一直到天黑,都不见小叔回来。花婶慌了,打发扎根哥去寻。找了几个村,都说白天来过,退过鸭钱就走了。最后扎根哥在一道土沟里找见了昏迷不醒的小叔。天黑路窄,心里又急,小叔不小心跌进了土沟,车把正戳住胸口……抬回家,小叔就病倒了。这一病再没能起来。

小叔去了。三乡五里的大娘大婶们再提起小叔,都说:恁好一个人,恁好一个人……

结 巴

胜利是个结巴嘴,从小就受人耍笑。伙伴们见了他喊:"结巴嘴,卖棒槌。一分钱,买你仨……"胜利气得还嘴,可是越气越说不出来,半天才蹦出几个字:"你……才……结巴……"伙伴们哄一声散去。

上学后,常有同学欺负他,他就去告诉老师。老师问,谁欺负你了?他是怎么欺负你的?胜利指手画脚解释半天,也说不出个名堂,班里的同学围住他哄笑,老师很烦,说他:"以后弄清楚了再告诉我!"胜利很委屈,泪水在眼里直转圈。

父亲为了治好他的病,就买猪尾巴让他在嘴里嚼,那几年,三乡五里谁家杀了猪,都要捎信给他家。长到十几岁,猪尾巴用了百把条,还是没治好。父亲失望了,对胜利娘说:"胜利长大了不好找媳妇呀!"

初中毕业后,胜利没考上中专,也没考上县一中,父亲就说:"是个扛锄把的命!"胜利回家种田,很能吃苦,跟成年劳力干一样的活,父亲极高兴。农闲的时候,就让他跟车挣钱。邻居四清买了一辆拖拉机往新乡送沙,胜利跟车卸沙,一月一百块钱。胜利舍得卖力,别人卸一车沙一个小时,他才半个小时,四清逢人就夸他,还给他加了二十元工资。一次在工地卸沙后,四清让他瞅着后面倒车,胜利很受鼓舞,叉着腰给四清打手势,嘴里喊:

"倒——"车退到了工地伙房墙跟,胜利想喊:"倒不得了"。可他一个倒字喊了半天,等他全喊出来时,哗啦一声车已经撞倒了砖墙。四清赔了人家一千块钱,就把胜利辞了。父亲阴着脸,斥他:"没用的东西。"

胜利很伤心,也很恼自己。其实他早就能和常人一样讲话了。没人的时候,他经常练习说话,他能一字不结巴地说很长时间,他还能唱戏,越剧、京剧、豫剧……他一个人的时候张口就来,唱得字正腔圆,很有味。只是一到人前,他就紧张了,又恢复了结巴和笨拙。

这天,胜利在河边饮牛,看见村主任的儿子建国掉进了河里,胜利扔下缰绳就往棉花地里跑。村主任正在修剪棉花,胜利拽住村主任的手,急得直比画:"你……你……"村主任平时不太喜欢他,见他这样就甩开手说他:"有话就说,拉扯个啥?"胜利情急之下,摆出了唱戏的架势,他做了个甩袖的动作,又正了正帽子(其实他头上什么也没戴),然后唱到:"你的儿建国他在河边,掉进了水里,你快去别迟疑……"村主任一听撒腿就跑。

建国得救了,村主任让他跪在胜利面前:"好侄子,救命恩人……"胜利慌得不知干啥好。这时村主任挥着胳膊冲围观的人喊:"大家听着,以后谁也不准再欺负胜利,胜利是个好后生呢!"围观的群众也都伸大拇指,并且关照自己的小孩。胜利格外激动,他望着大家,张口说道:"这算个啥?俺不会凫水,也没救出建国……"他说得很慢,却一个字也没结巴。村主任和众人都愣了。

胜利自己也愣了。他怎么也没想到,在众人面前,他居然能不结巴地说话了。他突然泪流满面,用手扩成个喇叭喊:"俺能

说清话了!"

大家听得清清楚楚,胜利不结巴了。

香胰子

三菊当年又俊又俏,是个出众的姑娘。俊是长得好看,那腰身那眼睛,一走一动一回眸,全带出来了。俏是会打扮爱干净,她娘说俺家皂角树上一半皂角都让闺女用了。三菊俏归俏,却正派,从不跟男人说不三不四的话。村人都说:三菊不找个好婆家才亏呢。

说了几个对象,三菊一个也没答应。媒人说:这闺女心性高着呢。三菊也不知道自己未来的对象是个什么模样,反正见过的那几位都不称心。媒人又给她介绍了一个,叫张天才,在公社机械厂上班。媒人说,这个再不中往后俺就不给你说媒了。

见面这天,张天才骑了一辆"飞鸽"自行车,三菊心里不由一喜。那时候全村才有几辆自行车?大队会计家有一辆,金贵得不得了,每次骑过都用塑料布包扎起来搁到楼上,村支书借都不肯。三菊隔着门缝儿往外瞧,见张天才浓眉大眼,体格匀称,穿了一件干净的涤棉布上衣,很精神,心里又是一喜。张天才进了屋,把衣物搁到方桌上,在媒人引见下,先向三菊爹问一声"好"鞠一个躬,又向三菊娘问一声"好"鞠一个躬,最后大大方方冲三菊伸出手要和"三菊同志"握个手。三菊害羞得伸不出手,心里却再一喜。有了这三喜,这门亲事就有了七八成。

正式见面这天,两人换了小八件,张天才给她带来一条劳动布裤和一块香胰子。当时兴劳动布裤,就像后来兴喇叭腿裤和牛仔裤一样。劳动布裤还要在屁股上和膝盖处打补丁,也算一种时髦,这都是在外工作的人穿的,还有香胰子,村里人都没用过。三菊说:"俺咋好意思用?"张天才鼓励她:"思想咋恁不解放?兴工人穿不兴农民穿?再说你又不比她们长得差……"三菊一颗少女的心让张天才鼓动得鲜活起来,整天都想唱点什么。不过她还是没有勇气在村里穿,只是去机械厂找张天才偶尔穿一次,那块香胰子也一次没用过,她怕姐妹们闻见她脸上的香味说她闲话。

结过婚,张天才上班,三菊在家挣工分,日子很美满。有了小孩,乡下不兴叫爸爸,除非是在外工作人员,张天才有这个资格,三菊心里平添了不少自豪。可是后来他们的日子发生了变化。机械厂倒闭后已经回家种地的张天才却是地种不好,生意也不会做。他家的日子跟不上当代农村的节拍,距离越拉越大,慢慢成了中下等,中间一连几年两口子竟没钱添新衣裳,三菊当初的优越感早已荡然无存。

那年生下第三胎,计划生育要罚三千块,三菊愁死了。晚上村里建筑队工头老曹突然来串门,说三千块算个啥,我包了。喜从天降,三菊感激地说:"天才在你队里干活,现在又借钱给俺,该咋谢你?"老曹一扬头:"借?这三千块给你就不用还了。"三菊说:"那咋中?"老曹不怀好意地笑了:"啥中不中?像大妹子这样俊的人,三千块还不值!"说着就拉三菊的手,三菊往后躲,老曹一下子扑上来抱住了三菊。这时三菊反应过来是怎么回事,她抽出手照老曹脸上就抓,只一下抓出5个血道。老曹被骂了个狗血喷头,灰溜溜地跑了。后来张天才从工地上拿回来一千块,说一半是工钱一半是老曹借给他的。三菊啥也没说,偷偷往县里血站跑了两趟,把老曹的钱还清,不让张天才在建筑队干了。

张天才也只会出死力,又去煤球厂打小工,脊背早弯了,全没了当年的光彩。他对三菊好起来真好,生起气来却不分轻重地打。有一次拿一根木棍打三菊,木棍断成两半,三菊也差点没了气儿。三菊气回了娘家,邻居都说,这回三菊不会再跟他过了。谁知没过几天三菊又回来了,还揣了娘家哥给的两千块钱说要养鸡。张天才心里有愧,拼命地干活,想多挣几个钱。三菊心疼他,给他用鸡蛋补身子,一碗水冲5个鸡蛋。

他们的日子也硬是一日日殷实起来。今年儿子征上了兵,女儿也定了亲。那天女婿上门,女儿爱理不理的样子,三菊责怪女儿,女儿说:"瞧他那土头土脑的样儿。"三菊笑了:"比你爸还土?"女儿也笑,又问三菊:"爸没成色,你咋跟了他?"一句话,把三菊说了个怔。是呀,自己咋就死心塌地跟了他一辈子呢?

过几天,三菊翻箱晒棉衣裳,从箱底翻出一个塑料包,抖开,是一块用草纸包着的香胰子。细一看,竟是当年张天才送她的那块"中州"牌的! 三菊眼里一下子盈满了泪水,女儿的提问可以回答了:是这块香胰子,叫妈年轻过。

菊 妞

菊妞在村小学给几个公办教师做饭,一个月70块钱。菊妞爱干净,饭做得也可口,特别是糊涂面条做得原汁原味,教师们都爱吃。菊妞不爱说话,只会抿嘴笑,一笑露出两只酒窝,很动人的模样。那个教英语的眼镜老爱缠着菊妞说笑话,几个代课老师跟菊妞开玩笑,一定是看上你了,菊妞一听脸就红了。一个人的时候,竟也痴痴地想那眼镜在操场上漂亮的"三步上篮",还有吹得动听的笛子……想着想着脸又红了。

有一个星期天,菊妞在邻居家看完《射雕英雄传》,猛然想起忘了添火,赶紧往学校去。添完火走的时候,发现一处灯光亮着,走过去,门虚掩着。眼镜一个人正在饮酒,还哼什么"抽刀断水水更流,举杯消愁愁更愁,人生在世不称意,明朝散发弄扁舟",痛苦不堪的样子。菊妞见他醉了,劝他不要再喝。眼镜却抓住她的手问:"你知道失恋是什么滋味吗?"菊妞摇摇头,说不知道。眼镜也是不胜酒量,一会儿嘴里像装了个2寸水泵一样,哇哇大吐起来。菊妞又是给他捶背又是给他端水漱口,侍候他躺下还把秽物扫了出去。望着沉睡不醒的眼镜,菊妞不忍心离去,拿了热毛巾敷在他额头。后来,菊妞趴在桌子上迷糊着了。梦里她被眼镜抱了起来,再后来一阵奇疼……菊妞睁开眼,眼镜真的在她身上。菊妞羞得"娘呀"一声叫,往下推眼镜。眼镜不下来反而使

劲扳着她的肩喊:"我喜欢你我喜欢你……"菊妞反抗不过,又想起眼镜平时喜人的模样就依从了他。第二天醒来时天已大亮,菊妞瞪着一双水汪汪的眼睛说:"俺可是你的人啦。"又说一遍,"俺生生死死都是你的人啦。"她一字一顿,就像泥瓦匠往墙上一块一块加砖一样。眼镜吓了一跳,不知说啥好。

　　有了第一次,第二次、第三次也就自然发生了。没有不透风的墙,传到菊妞爹娘耳朵里,老两口先问菊妞是咋回事,他会娶你?菊妞点点头。老两口又去问眼镜,眼镜说:"我俩啥关系也没有,你们不要听她瞎说。"老两口羞得无地自容,回家把菊妞打了一顿,让她辞了学校这份差事。庄稼人最怕这种丢脸的事,自此爹娘把菊妞管得极严,一到晚上就不准出门。关住人关不住心,菊妞设法和眼镜偷见了一面,眼镜信誓旦旦说非你不娶。她极信,晚上睡觉时用一根麻绳拴住手腕,麻绳另一头递到窗外,半夜眼镜入院来悄悄拉拉麻绳,她就从楼上的顶窗出来,眼镜早搬了梯子等着。如此几回,肚子出了问题。去问眼镜,眼镜说马上办理结婚手续。谁知眼镜却在暑假办了调离手续,回城去了。菊妞撵到城里,眼镜根本不认账,说:"谁知是哪个的小孩?"菊妞大哭一场,彻底死了心。摆在面前只有两条路:打胎或远嫁。爹娘叫她去做手术,菊妞不去,说俺非生下叫他瞧瞧是谁的小孩。

　　于是菊妞远嫁到一个地方。新婚之夜,菊妞从包袱里翻出一把明晃晃的剪刀对着男人说:"生小孩前你别碰俺!只要让俺生下小孩,以后正儿八经跟你过日子。"过门5个月,菊妞生下一个女婴。这一天,眼镜竟摸到她家,要看小孩。邻居一个大婶跑去告诉正在浇地的菊妞男人,说你家来了一个外地男人,你媳妇把门也关了。菊妞男人心里一咯噔,拎着铁锨往回跑,到了家门口,想想又把铁锨丢在一边。去推门,院里传来俩人的对话,"求你半天了,让我看一眼女儿就走。""啥?女儿?你的女儿?""嗯。""当初你不是说不知道是谁的小孩吗?"男人无语,停了停又央求:"怎么说也是我的亲骨肉,人心都是肉长的……""你也配说人话?烂了心肺的东西,死心吧你!"……菊妞男人听了一阵子,又拎起铁锨浇地去了。

菊妞两年后又生了一个儿子,两口子心往一处聚,日子硬是红火起来。今年闺女初中毕业考上了中师,男人请来县剧团,锣鼓家什一响,热闹了一村。

成　色

成色生下来又白又胖,人人见了喜爱。抓周这天,他爬了一圈啥也不抓,最后却单单地抓了二叔的钢笔。二叔喜滋滋地抱起他对哥嫂说:"这孩子大了准有成色!"哥嫂高兴得直搓手,干脆就起名叫成色。在豫北乡下,"成色"就是有出息的意思,老实巴交的爹娘心里从此装满了期望。

成色上学后,果然勤奋,脑子也灵,功课一直不错。那时候他是班长,我是组长,入了少先队,他又是中队长。成色也不自私,一有时间就帮助差生补习功课,放学后领着同学去给五保户黄老太扫地抬水。这一年成色当了县里的"红花少年",学校敲锣打鼓往家里送喜报,他爹娘高兴得光知道搓手,都忘了让人家喝水。

五年级升学考试时,成色一连几天发高烧,怕耽误考试就胡乱吞点药硬撑下来。考试完他却晕倒在回家的路上,抬到卫生所,一个劲翻白眼。医生说,坏了,是脑膜炎,快送县医院。可是已经晚了。再从医院出来,成色就像换了一个人,又痴又呆的,记忆也失去了许多。又去读书,功课怎么也撑不上,期中考试数学竟得个零分。大人失望了,又想起医生的话"能拣个命回来就算烧高香了"。于是让成色退学回家放起了羊。

我后来到乡里读初中,接着到县里上高中,一门心思扑在功课上,很少和成色见面,只是断断续续听到他的一些消息。听人说他和大人们在麦地锄草,有人故意逗他,把他的绿军帽藏起来,他找不见就急得在地上翻跟斗,又犯了病。还听人说村里一个老光棍耍他,给他一根油条,让他去拽一只花狗的尾巴,结果被花狗咬掉了一根指头。

暑假里我去给牛割草,碰见了放羊的成色。羊们从乡间土道上跑过,扬起漫天灰尘,成色土模土样地跟在后面。不时有"开小差"的羊想往一边跑,成色就用手里的铁铲铲一块石子"嗖"一声甩过去,不偏不斜地正好落在那只羊头前,羊立即乖乖返队。我情不自禁赞出了声:"绝活!"成色见是我,叫了声:"小辉。"我拉他在河边坐下,给他讲城里的新鲜事,上高中的趣事,还有我读过的书。他坐在我身边,眼睛大而无神,茫然的样子使我相信了关于他的传闻。成色却能看出我的好意,他手忙脚乱要做一件事情,想回报我对他的亲热。他说要给我看羊打架。说着就从口袋里摸出两瓣蒜,在两只羊前蹄上擦了一阵,两只绵羊痒得难受,找不到能拱的地方就互相拱起来,拱着拱着恼了,真干起来。我不由笑了,仿佛又看到了那个聪明懂事的成色。

不久后的一天，成色就在我们说话的那个地方放羊，听到有人喊"来人啊！"他寻着声音跑过去，远远地看见一个男的压着一个女的，在脱女的衣裳，女的拼命反抗，还喊叫，男的用手捂女的嘴巴。成色看了一会儿，想想，就找了一块比拳头还大的鹅卵石，用铁铲铲起来，"嗖"一声朝那个男的甩过去。石头不偏不斜，正砸在那个男的脑袋上。那个男的"嗷"一声叫，捂着流血的脑袋仓皇逃窜。后来群众顺着血印抓住了那个坏蛋。

被救的那个女的是乡新闻报道组的女记者，她带着感激之心连夜写了篇稿子送往市县电台报社，成色一下子出了名。几天后乡里把一块写着"见义勇为勇擒歹徒"字样的绣金匾敲锣打鼓送到他家。成色一见来了这么多人扭头就往屋里跑，女记者一把拉住了他，把县里见义勇为基金会奖励的1000元钱放在成色手里。村里人都伸大拇指，夸道："成色真办了一件有出息的事。"

成色的爹娘听了，仿佛又看到当年成色当"红花少年"时的情景，泪刷地一下淌下来。

朱秘书

朱秘书只要说是好事的事儿，一准成不了好事，不砸锅就算烧高香了。村支书文玉已经结结实实地领教过两回。

十几年前，朱秘书和县里的扶贫工作组在茄庄蹲点。茄庄穷，没有钱去县里好酒好菜招待工作组，心里又过意不去，文玉就让两个支委隔三岔五地去后山逮兔子,随便采些野枸杞,一锅焖了,竟把工作组一干人吃得满嘴油汪汪的,直翘大拇指。朱秘书跟两个支委进过一回山,正走着,就会有野兔从他们面前蹿过,根本不用枪打,下几只夹子就中了。朱秘书站在茄庄的后山坡上沉吟良久,心中酝酿着一件事。回去后说了,工作组几个人一起拍手:妙,宣传出去,说不定真有人来打猎,茄庄不就多了一条致富之路?朱秘书受了鼓舞,连夜赶出一篇稿子:《茄庄野兔有几多》,第二天就给市报送去了。朱秘书被市报评过优秀通讯员,得过好几套茶具,脸熟,送去很快发了。这一发茄庄还真热闹起来,都是冲着野兔来的,有县里的领导,有市里的领导,有时候还蹦出一两个省里的领导。领导们喜欢玩枪,乡里就买了十几杆猎枪长年存放在茄庄。为了让领导高兴,乡里还让文玉带人配合,从不同的方向敲锣打鼓喊号子赶兔,让兔们去撞领导的枪口。这就有点类似皇帝围猎的场面。文玉不敢不听,只好出义务工让村民去拎着破锣撵兔子。几年下来,后山坡的兔子大部分撞了领导的枪口,少部分胆战心惊地迁居到了更远的地方。朱秘书当初预算茄庄一天能收入多少钱成了一天得出多少个义务工,致富没致成,反给村民打了一堆白条,三天两头就有人找文玉,说中央有政策,不能拖欠农民工工资,弄得文玉哭笑不得。县里再来领导,文玉还想用野兔招待,进山里转一天却连个兔毛也逮不着。

  第二回是朱秘书带着省农村报的记者来作调查,寻找茄庄贫困的原因。朱秘书一见文玉就喜滋滋地说:"好事来了!"朱秘书告诉文玉,省农村报把茄庄一报道,唤起社会的同情,伸手帮忙的一定不会少,说不定外商都往茄庄扔美元呢。现在报纸都入了互联网,外国人准能看到。文玉将信将疑,就由朱秘书领着记者挨家挨户搞调查。他们进了一户人家,记者调查的时候朱秘书没事干就抱起人家的小孩,亲得不得了,问:多大了?叫啥?几个哥几个姐?小孩一一回答:三岁了。俺叫毛毛。一个哥一个姐。说者无心听者有意,记者立即找准了报道的角度,接着又采访了几家,进一步充实了自己的论证。几天后省农村报作了关于茄庄贫困的调查报告,记者分析生得太多,人口素质上不去是一大原因,并且根据后山坡优越的家禽喂养条件,给茄庄提出了一条扭转贫穷局面的建议:少生孩子多养兔。这一报道的直接效应就是市县两级计生突击队进驻茄庄,一个月下来,突击结扎20人,强行做人流32人,从茄庄收走罚款18万元,差点儿没把文玉的鼻子气歪!

第三回,朱秘书打电话说要来茄庄整材料,文玉就有些支支吾吾,不太情愿的样子。"就这么定了,呵。"朱秘书却不等他说那么多,在那边扣了电话。

第二天朱秘书就骑着摩托来了,茄庄人见了他,不认识的不打招呼,认识的也不打招呼。有几个抱小孩的赶紧往家里跑,咣当一声关上街门。朱秘书一愣,直奔文玉家。文玉正在院里拾掇麦耧,听见街上传来一阵马达声,他丢下麦耧就往屋里钻,又跑进里间"哗"一下关上了门。朱秘书支好摩托车,直奔堂屋,站在屋中间冲里间喊:"别藏了,我瞅见你了。"文玉讪笑着从里间出来,手里拿着半包烟卷:"谁藏了?我听见你来给你找烟哩。"

朱秘书叹一口气,一脸委屈地说:"我又不是老虎,你躲我干啥?好像我这个人挺不咋样似的,太伤自尊了。"文玉把烟递过来,朱秘书接住,并不直接吸,他先把过滤嘴在水杯里蘸了一下,然后对着屁股门吹出一挂水泡,这才含在嘴里让文玉给他点上。朱秘书吐出一团白烟,重重地叹一口气:"我忙里忙外多得工资

了,还是你给我啥实惠了?"文玉摇头,说朱秘书你很廉政,真的。

"可你们就是不理解,我都是为了咱乡的精神文明建设呵。"朱秘书说着越发委屈,眼圈也红了。

大　凤

村里通了中巴,去县城办事方便多了。车的主人叫中伟,中伟正用棉纱擦玻璃,等了好久的村民不耐烦了,催他开车。中伟说再等一会儿,还有人搭车呢。话才落,石板桥上匆匆过来一个姑娘,脸上泛着健康的红,结实的肩上扛着一布袋西葫芦,胳膊上还挎着一只竹篮子,里面也是西葫芦,还有扎成一小把一小把的新鲜芫荽。

中伟跳下车去接姑娘,姑娘一闪身自个上了车,拣一个座位坐下,也不跟人说话。车开了,中伟一边和大家说笑,一边开始卖票。到姑娘跟前,中伟说:"算了吧。"姑娘不领情,把两块钱递给他,中伟找了她一块,她马上甩回去,说:"哪个要你照顾?"中伟闹了个大红脸。后边一个大婶说话了:"大凤,人家中伟一片好心,你咋这个态度?"姑娘一噘嘴:"我不要人可怜!""真是个犟姑娘。"车上有人说。村民都知道大凤的身世,一个孤儿,和奶奶相依为命,奶奶一到秋天风湿病就犯,躺床上起不来,里外全靠大凤一个人。为挣钱给奶奶买药,大凤去城里一家美容院打工。洗一个面二十块钱,一半归自己,几个妹子干得很卖劲。大凤却看不惯她们和男人调情,一次一个男人摸她,让她一巴掌打掉两颗门牙,结果老板娘把她的行李扔到了大街。是中伟开车接她回村的,大凤打工的那些日子,中伟整天忧心忡忡,这天却高兴得吹了一路口哨。之后大凤就开始种菜了。

到了汽车站,中伟要送大凤去菜市场,汽车站到菜市场还有两里路。大凤一句话不说,自顾扛起布袋走了。中伟摇摇头,心说中午去接她吧。中伟还记得大凤刚开始卖菜的事,她不懂行情好几回都没卖掉,一次中伟托一个熟人把她的菜买了,塞在汽车后座底下。回去的路上,一根黄瓜跑了出来,大凤拖出包一看,啥都明白了。她把口袋里的钱全掏出来,摔给了中伟。中伟解释:"我知道你奶奶等钱买药……"大凤却甩给他一句话:"我恨你"。中伟也恨自己,不该触伤大凤敏感的心。还有一件事,却让中伟心里很畅快。前些日子村里个体大户福堂的儿子看上了大凤,去提亲,却碰了一鼻子灰。几个本家劝她:"他家有钱,你奶奶以后看病就不发愁了。"大凤说:"我死也不嫁他。"又有人劝,大凤说:"我嫁人呢还是嫁给钱?那个败家子。"她说的是福堂那个吊儿郎当的儿子。

下午大凤还是坐中伟的车回去,菜卖了个精光,中伟替她高兴。回到村里,中伟和司机洗了一会儿车,去了菜园。大凤每天回来,都要去挑水浇菜,一回二三十担。中伟来到菜园,对大凤说:"我替你挑水吧,你腾出时间回家照看你奶奶。"大凤不给他水担,只管弯腰挂水桶。大凤一直记得奶奶刚强的话:"不要叫人可怜你,可怜你的人没几个安好心。"大凤担起水桶,那浓黑的秀发,柔韧的肩膀,直在中伟眼前晃。中伟不觉心潮澎湃,血直往上涌,喊一声:"你咋不懂我的心呢。"上前抱住了大凤。大凤一惊,继而在中伟手指上狠咬一口,血立即涌出来。中伟又羞又气,往前面的小树林跑去。他在一颗毛白杨前站住,抡起流血的拳头狠狠击向树干,一下、二下……他叫着,树皮脱了,手皮也脱了,血染红了树干。大凤不知什么时候站在他身后,她掏出一块手巾,上前给中伟包扎伤口,完了,却扔下一句话:"别以为我会原谅你。"

晚上,中伟把自己关在小屋里,一个劲抽烟。手已经肿了,大得像个馒头,他却不去村里的卫生所,"宁可让它烂掉,也不换这块手巾,让它长在我的肉上吧。"他想。这时门"吱呀"一声响了,是大凤!中伟有点怯怯地望着大凤说:"你想要回你的手巾……"大凤不吭声,却上前轻轻握住了中伟受伤的拳头。中伟愣在了那里。

他哪里知道:大凤一直在那棵血染的毛白杨下,站到天黑……

赵作家轶事

卖大蒜

赵作家去乡邮局取稿费,这是很庄重的事,免不了要拾掇拾掇。找领带时找出两三打袜子,一定是媳妇买过一回,忘了,又买了一回。赵作家很恼火,黑了脸责怪媳妇不知道过日子,买袜子也不知道看看库存,买这么多让老鼠啃呵。媳妇很委屈,说你从供销社下岗后啥也不干,我种大蒜供你吃供你穿,供你投稿买邮票,你却不知好歹,鸡蛋里挑骨头,专找我的刺儿,你还有没有良心?说着眼圈红了,"眼下大蒜卖不出去你也不替我想想,我一个娘们儿家,难不难?"

赵作家心软了,给媳妇擦眼泪,还拍着胸脯说:"我的文章都能推销到全国各地,这几亩大蒜还算个事?"媳妇破涕为笑,说:"我都扎好了捆,你明个就去县里推销吧。"

几亩大蒜全码在院子里,没有掰成蒜瓣也没有拽成疙瘩,而是连叶带蒜一串串捆在一起。今年售蒜的时候,由于公路限制超载运费增加,收购商承受不住,火车皮又紧张,大蒜就积压了。怕烂,媳妇就一串串捆起来,媳妇从小就是村里有名的编织能手,这回派上了用场,一串串大蒜捆在一起,干净整齐,简直像一件件工艺品。赵作家第二天挑了几排最整齐的,用箩筐装了,绑在自行车后座上,进城去卖。

来到县里最大的农贸市场,赵作家支好车,把写好的一张纸展开,"卖大蒜"三个字抖搂出来。刚支好摊,一个大盖帽走过来,工商管理员,要收 2 元管理费。赵作家说还没开张呢,大盖帽不听他解释,催他快点,说几百户得花时间收呢,我累得卵子疼。赵作家只好先把媳妇给他的午餐钱拿出来交了。一会儿,又一个戴着大盖帽的黑大个摇摇晃晃过来,又要 2 元,城市管理费。赵作家刚申辩一句不是收过 2 元了,黑大个照他的自行车就是一脚:"不交费,给我滚!"自行车哆嗦了一下,吓得赵作家赶紧拿出昨天的稿费交了。赵作家昨天取了 12 元稿费,8 元买邮票,现在手里只剩下 2 元,正要往兜里装,有人冲他喊:"别装了,交卫生管

理费吧!"又一个大盖帽过来,直接从赵作家手里接过那2元钱,说我们是环卫处的,谢谢你对我们工作的大力支持。赵作家傻在那里。这时,赵作家看见人头攒动,一个大盖帽正往他的大蒜摊跟前挤。赵作家大惊,推起车就跑,大盖帽在后面喊:"卖蒜的,别跑!"赵作家跑得更快了。

人太多,赵作家跑不快,被大盖帽拽住了后车架。大盖帽从筐里拎起一串大蒜,满脸欢喜:"找的就是你!"赵作家说我反正没钱了,只有大蒜,要抢你就抢吧。大盖帽扑哧一笑,你把我当成啥了?我是"悯农山庄"军乐队的队长,兼管山庄的形象策划,你的大蒜编织得太美了,比工艺品还工艺品,我全买了!赵作家这才长出一口气,说吓死我了。

"悯农山庄"是一个度假村,他们把一串串大蒜挂在屋檐下后,让人眼睛顿然一亮,整个山庄响起一片叫好声。大盖帽说不够不够,再去给我弄。赵作家心里马上笑开了花儿。

受了启发,赵作家不再把媳妇种的大蒜当食用品卖,而是当工艺品推销,他要把麦子卖成面包的价钱。他开始找县里的酒店、茶馆、精品屋联系业务,又跑到市里他曾经打工的那家小报做了两期广告,嘿,真别说,几亩大蒜卖了个精光。等到别的人家也想效仿时,县里市里的市场却已饱满,他们是秋后点玉蜀黍——晚了。

媳妇杀鸡宰鱼把赵作家犒劳了半个月,又捧着赵作家的脸细端详一番,"他爹,你真厉害,几亩大蒜才几天就卖了个精光!"赵作家心里很得意,嘴上却谦虚:"你忘了我在供销社分管的是业务,发挥专长嘛。"说罢又嘿嘿笑,目光烁烁地盯着媳妇:"我最厉害的本事可不是卖大蒜!"

促　销

　　这天,赵作家卖完一车大蒜,腰包瓷实了就想做点什么。先是进烩面馆剁了一斤牛肉,喝下半斤"女儿红"。从烩面馆出来又去美发厅洗了洗头刮了刮脸,刮脸的时候还捎带清了清脸上的干皮。做完这一切再看日头,还早着呢,才半下午。赵作家觉得现在回茄庄帮老婆捆大蒜实在有点亏,于是一转身进了一家超市。

　　闲逛着,保健品区一个新潮女孩吸引了他,女孩也发现了他,朝他微笑,道:您好,欢迎光临。女孩没穿工装,却穿了一件露肚衫,这是一家小超市,一人一身工装,换洗时可以穿便装。看一下露肚衫,赵作家心里猛一激灵,目光有点找不着北。赵作家装模作样看货架上的商品,心里却在酝酿如何向女孩搭话。

　　女孩却主动凑上来推销商品:先生,您需要什么?赵作家喜出望外,故意逗她:你猜我需要什么,猜出来我买双份。女孩托起下巴,还真认真地猜起来:

　　您要去看病号,这里有各种麦片参片——赵作家摇头。

　　您要去看老人,这里有西安油茶清火的蜂蜜——赵作家摇头。

　　您要给太太买点什么,这里有各种养颜驻颜饮品——赵作家摇头。

　　见女孩一时语塞,赵作家说我提醒你一下。说着从包里掏出一本书递给女孩:我是写小说的,这是我的专著《苦水玫瑰》,送给你。你猜猜我需要什么吧?

　　女孩并没往下猜,而是抚摸那本书,夸赞封面设计得好,并且说她也是个文学青年。赵作家一听双眼发光,叹:十步之内必有芳草啊。就把女孩引为知音,问女孩:小小说好在何处?女孩歪着头想了一下答:"小。"赵作家一拍大腿,赞:精辟!一字抵千金呀。

这时女孩猜了他购物的原因:一定是买补脑健脑方面的,保护你的作家脑袋。赵作家轻轻摇头,不好意思地告诉女孩最近身体有点虚,想买那方面的补品。女孩马上懂了,给他推荐了一大堆,并且介绍说每样补品都有效果。女孩并不脸红地介绍,赵作家也不再难为情了。赵作家把女孩介绍的补品装满了购物篮,借着酒劲跟女孩开玩笑:我要是补得成了老虎怎么办?女孩笑了,回答他:你自己想法解决呗。赵作家瞅瞅四下无人注意他们,就摸出一张名片塞给女孩,小声说:我请你吃肯德基,有空打我手机。女孩把名片收起来,随手又往赵作家篮里加了2件保健品,还把赵作家送到了超市出口。

一车大蒜的钱差点花完,回家后老婆好一顿训他,罚他洗了几盆衣裳,还捎带给老婆揉了揉腰,才算了事。一连几天,赵作家一天24小时开着手机,2块电池轮流充电,时刻等着女孩的消息,心里鲜花灿烂般地设计着那个如火如荼的场面。

赵作家并不知道那本书的归宿。女孩当天晚上去了迪厅,一块冰淇淋掉在她脚上,弄脏了她的鞋,女孩找不到东西擦鞋,就把赵作家的《苦水玫瑰》撕了。几个朋友也不断地撕《苦水玫瑰》擦鞋,还问是本啥书?女孩答:一个神经病送我的小小说集,我哄他说我也喜欢小小说,他就买了几百块钱保健品,我一天的促销任务一会儿就完成了。说罢格格格地笑起来,把赵作家的《苦水玫瑰》一脚踢进了果皮桶。

第二辑

茄庄风俗

大脚婶

小时候,玉琴经常跟着她娘大脚婶参加别人家的婚礼,大脚婶的角色就是给新媳妇扫床。村里会扫床的不少,可大家都愿意请大脚婶。大脚婶带上玉琴,玉琴就能吃上一顿大肉膘,吃得满嘴流油,肠胃也跟着幸福好几天。大脚婶扫床的时候,玉琴就笑眯眯地站在一边看。

新媳妇下了车,接着就是拜堂,然后入洞房。这时大脚婶扭扭摆摆出来了,腋下夹了一把扫帚,一边走还一边往下拽自己的衣裳襟。人未近,声音先亮了起来:"俺在家里真是忙,掌柜的请俺来扫床。闲人都往后面让,叫俺扫床的往前上。"

有一回,玉琴身边一个小孩冲大脚婶"呸"地吐了一口唾沫,说:"自己抢着来的非说人家请你,还擦了胭脂,真不要脸!"说这话的是一个十一二岁的孩子。玉琴扭头一看,认得,茄庄的高干子弟,村主任的儿子玉柱。不管谁家的喜事,玉柱都跟着他爹吃酒席。但每次大脚婶给新媳妇扫床都要唱半天,不唱完不开席,等开席了吃不了几口学校上课的钟声就当当地响起来,玉柱只能扯上一只鸡腿再狠狠盯一眼席上的海参鱿鱼,恋恋不舍地离去。自然,玉柱就对大脚婶生了怨恨。

大脚婶的脸红扑扑的,果真擦了胭脂,显出一脸俗艳。她挑起绣了鸳鸯的门帘说:"没事不进新人房,新人门帘五尺长。掀开门帘往里望,里面就比外面强。五子小登科,来到丈人家……"大脚婶挑起门帘却不进去,她要把迎亲拜堂的经过唱念一遍。这一段念唱,往少处说也得二十分钟。玉柱急慌慌地抽身而去,转到锅台边嘱咐掌勺的大师傅往火里加点柴火,别让笼里的菜凉了。

大脚婶终于挑帘进了新人房,"呼啦"一下涌进一堆人。大脚婶开始清点新媳妇娘家陪送的东西:"盆架衣架你都有,木梳笸子放抽斗……我说你没了,你说你还有。有啥?老破箱老破柜,还有两箱破被子。一说新人犯了恼,下床就往箱跟跑。打开柜掀开箱,一件一件往外掂。哪一件不是缎,拿俺娘家还管换。哪一件不是新,撕烂新人衣裳襟。哪一件出过水,管叫撕烂新人嘴。哪一件挨过身,拿根火柴烧成灰。新人新人你别恼,开个玩笑你别恼。你娘家陪送真是好,真是好!"大脚婶一人演两个角色,惹得一屋人笑起来。这时猴急猴急的玉柱又跑了来,他越急,大脚婶反而扫得越细致了。清点完陪送的衣裳,又开始一层一层掀开新人的床铺端详:"低头就往床上观,宰相芦席上边铺;芦席上边是涩毯,涩毯上面是毛毡;毛毡上面是棉毡,棉毡上面是铺底;铺底上面是衬单,鸳鸯枕头两头搬。拿来烧饼俺重扫,不拿烧饼算拉倒。"大脚婶手里的扫帚果真在枕头上停下来,等着主家去拿夹了牛肉的烧饼和红包。大人小孩都捂住嘴笑大脚婶,扫床歌可没这一句,这句词是她自己加进去的,她怕一口气扫完主家一忙把她的红包给忘了。洞房里的戏暂停在那里。玉琴也在等着,夹了牛肉的烧饼一到手,她就该上学去了。

玉柱忍无可忍,他已经让大师傅加了两回柴火,大师傅说再加柴火笼里的福禄肉就该蒸化了。玉柱一蹦一跳地骂起来:"大脚婆,你真不要脸,为两个臭烧饼……"大脚婶听了玉柱的骂一点儿不恼,笑吟吟地望着大伙,说心急吃不了热豆腐,我这扫床歌唱不完,谁也别想吃一块肉片。这时玉琴脸上挂不住了,狠狠跺一下脚,汪着两眼泪水扭身走了。

玉琴大玉柱两岁,放了学,把玉柱拦在半路,要替娘讨个说法。三说两说,两人竟打了起来。玉柱个儿矮,被玉琴按倒在地狠揍了一顿。玉柱一把鼻涕一把泪要去找大人告状:"叫俺爹把你娘开除了,不叫她给新媳妇扫床……""呸!开除了正好,等你娶媳妇没人给你扫床……"玉琴在后面冲着玉柱喊。

果然如玉琴所言,玉柱结婚时,大脚婶真的没来扫床。大脚婶洗手不干了?不是,大脚婶干得正出彩呢,还参加了县文化馆的婚礼服务部,平常都是车接车送。大脚婶的出彩全沾了电视台一名记者的光,人家把她的《扫床歌》拍成婚俗专题片,不但县台播了,市台、省台也跟着播了,后来市里又申请了非物质文化遗产。大脚婶一下子成了名人,活多得天天忙不过来。玉柱结婚没让大脚婶扫床,熟人都知道原因:按当地风俗,丈母娘咋能给闺女和女婿扫床呢?

借　鱼

豫北乡下缺鱼,河床干涸,偶遇一摊浑水,打捞半天,也不过几条指把长的鱼娃。若捞出一条扑扑腾腾斤把重的就算大鱼了,

一村人都来看。在众人羡慕下用草棒穿了鼻子,拎着回家,后面能跟一堆人。此时捞鱼者比村主任还有魅力,众人争着跟他搭话:

"别一顿全吃了,头剩下,熬鱼头汤……"

"开剥时把鱼鳃掏出来,要不一锅汤都苦了……"

到了家门口,众人不好意思再跟进去,伸长了脖子瞧捞鱼人在院子里忙活,磨一把剪子,又磨菜刀,鱼在脸盆里扑扑叽叽,溅了水花出来。小孩们无畏,跟进去瞧剖鱼,等着抢鱼泡。众人牙根就有些痒,一边回一边低声骂:"咋让这狗日的捞了去!"

鱼这么稀罕,自然成了招待客人的一道重要菜。

那一年,我们家盖房,匠人是很关键的,每天除了吃饭有人卷,还一人发一盒烟。上梁的日子快到了,匠人们和娘开玩笑:"老嫂子,上梁给俺们做啥好吃的?"

娘正做着打算,到那天要给匠人办一桌席,啥菜啥酒,就报了几样。

匠人们又问:"有鱼没有?"

娘肯定地回答:"有。"

匠人们听说有鱼,眼睛里立即放出光来,干得更有劲了。匠人老黑站在脚手架上砌墙,生怕砌歪了,稍有点不平就重新返工,认真得很。一个徒弟把一块砖的光面朝里毛面朝外,被老黑骂了个狗血喷头,斥责他:"主家还让咱吃鱼呢,你垒这样的毛墙,不怕鱼刺卡住喉咙?"

上梁那天,在院里砌了新锅台,几个本家嫂也来帮娘做饭。匠人们干着活,眼睛很关心锅台这边的事,不时有人忙里偷闲过来说几句话,临走捏一片刚炒好的肉填进嘴里,边嚼边嘱咐:"鱼

呢？可不敢忘了!"娘笑吟吟地请他们放心,说做早了还不凉了,最后一道菜做鱼。

快该上梁了,娘吩咐我去抓钩婶家借鱼,说前几天就和抓钩婶说妥了,抓钩婶还拍着胸脯保证:一辈子盖几回房,借鱼的事包我身上了！娘塞给我一把糖,说咱上梁也是喜事,给你婶带个糖！到了抓钩婶家,抓钩婶正在忙着炒菜,家里支了酒场,我一看,客人认得,是她爹。我从兜里往外掏糖,扑扑嗒嗒放在她家案板上,我说:"抓钩婶,俺娘让俺来借鱼……"

抓钩婶瞅瞅案板上的糖,生出一脸歉意:"跟你娘说,真巧了,俺爹来了,俺能不给他做顿鱼？"

我空手而回。到家一说,娘立时慌了,额头上冒出了汗珠,急得一个劲用围裙搓手,说:"这该咋办？这该咋办？"鸡蛋炒煳了也不知道。一个本家嫂抢过铲子翻鸡蛋,提醒娘:"活人还能叫尿憋死,再去借借呗,听说东北角赵肉蛋家也有……"

娘眼里闪出几丁火星,也不敢支我,她亲自去借鱼。一溜小跑到了东北角,赵肉蛋家只一句话:"你来迟了。"原来一个邻家给小孩过"满月",借走了。娘一听就傻了,今儿说好了要办一桌席,匠人们都知道有鱼,这该咋办？为了弥补这突如其来的歉意,娘想了想就拐进供销社买了两听罐头,一听香辣素肠,一听油炸鲫鱼。也算有鱼了,娘自我安慰。

上梁要唱上梁歌,还要扔"剽梁糕",匠人老黑端了盛满小馒头、花生、核桃、大枣和糖的木斗,一边上梯子,一边唱上梁歌,还东一把西一把地扔"剽梁糕"。落向哪儿,人便往哪儿聚,拥挤着抢"剽梁糕"。免不了踩烂鞋被推搡个跟头的,却不恼,上梁是喜事不能恼。老黑抱着空木斗下来,有几个娘儿们埋怨他:喊疼了嗓子也不见扔一把,一个劲往东头扔,是不是老相好在东头?老黑在人家屁股上捏一把,说了句什么,几位女人笑作一团。老黑放下木斗去洗手,准备吃饭。

娘一颗心揪了起来。

果然,老黑喜滋滋上了席,捋胳膊卷袖准备大吃一场。当他知道没有鱼后,脸一下子耷拉下来。匠人们都不说话,只喝闷头酒,任凭怎么劝,一个划拳热闹的都没有。娘就背过脸去用围裙擦眼睛。

没有让匠人们吃上鱼,匠人觉得主家看不起他们,当天下午都黑着脸干活,一个个像是欠了他们二斤黄豆似的。用瓦封顶时,他们故意留了一片瓦不上泥,干砌。一下雨,水便会从这片瓦里渗进去,第二年秋天家里的房就漏水了。

当时我还小,拿了脸盆去接水,听大人讲这是匠人故意难为我家的,心里就纳闷:不就是一只木鱼嘛,又不能真吃,还用动这么大火气?因为我见过抓钩婶家的鱼,用枣木刻成的,放在盘子里,招待客人时把做好的各种佐料浇上去。客人还像模像样地拿着筷子在上面叨几口,夸主人手艺好:味不赖。

丢　碗

茄庄人爱骂街,鸡窝里的蛋让人摸了田里的青苗叫羊啃了……—准要上街亮一嗓子,唾沫星乱飞,震得鸡鸭嘎嘎叫狗也

远远地蹲着不敢上前。却有一件事，茄庄人吃了亏不吭声，心里还美滋滋的："几个碗，咱丢不起咋的？"竟一个比一个大气，根本不像平时的脾气。

就是白事上丢碗。谁家老人不在了，白事上百口人吃饭，有人专门备了一套餐具出租。光棍老面跟着刷碗，一天十块钱。白事一结束，孝子和街坊站了一院，看着老面清点碗筷，然后梗着脖筋猛来那么一嗓子：谁谁家白事，取碗多少个，还碗多少个，丢——这时大家都提足了精神，孝子甚至有点害怕。老面把数报出来，碗丢得多，孝子脸上就露出一丝让人察不到的笑；丢得不多不少，孝子会轻出一口气；丢的太少，孝子的头就勾了下去，借口头晕什么的回屋去了，其实是在躲避街坊的目光。碗是街坊偷去的，谁家的老人年纪大无病而终，即喜丧，要不这家为人好积善成德，偷碗就是偷这家的容光和福气。丢的越多，主人心里自然越欢喜。要是亡者得的病不好或这一家为人险恶无德，如茅缸沿的石头——又臭又硬，就没人偷碗，都怕染上晦气。在茄庄，丢碗成了评判各家人品的打分器，自然受人关注。数碗的老面也在这一刻红光满面，分外精神，感觉自己比村支书还牛几分。

过了白事，老面又成了放羊的老光棍，疲疲沓沓，没个整齐样。庄里人看老面的目光与白事上判若两样，就说老面病了，老面很生气："等你爹死了咱再说，非少报几个碗！"

老面最近却变了样，不知从哪闹了一身西装，还有一条花领带狗尾巴一样吊在脖子上。老面把羊鞭甩得啪啪响，吼："穆桂英我大战山东——"庄里人说老面你别烧包，在哪捡一身破西装？老面说放屁，你看看商标，是不是新的？老面屁股上挂一商标，一看，还真是新的。庄里人纳闷：放个羊穿啥名牌西装，一定是想媳妇了。老面也觉得放羊穿浪费了,西装洗过一次就压进箱底,单等白事上报碗数时才穿出来。老面很觉风光,老感觉那一刻自己跟电视里的外国总统出访差不多。

这天,赵二狗的爹死了。老面西装破球鞋去了,干活太卖力裤裆都蹲破了,领带一会儿蘸进了刷锅水一会儿蘸进了刷锅水,真成了一条狗尾巴。赵二狗是乡长,白事上人自然多。办完丧事照例清点碗数,老面撅着屁股认认真真点了三遍,脖筋一瞪,大声喊道:"赵二狗家白喜事,取碗二百零二个,还碗一百三十七个,丢碗六十五个!"大伙听了,都噢一声,啧啧:这么多! 一边的赵二狗冲大伙作一圈揖,回屋去了。

庄里人零零星星往家走,一边走一边纳闷:赵二狗家咋丢那么多碗呢? 这个问那个:"你和赵二狗是初中同学,是不是赵二狗去你家送烟了,叫你多偷了几个?"那个一撇嘴:"屁,他能看起我?那年他在组织部当科长,我的三轮车叫扣了去找他,他硬说不认识我。你闺女中专毕业是他找的工作,肯定是你家多偷了!"这个一听急了,未开口先用手比了个圆圈:"谁要偷他家一个碗,谁是这个! 给我闺女找的啥工作? 超市临时工,还花了我一万块! 呸!"俩人都说没偷碗,于是问第三个:是不是你家偷的多? 第三个人摇头。又问第四个,仍摇头……庄里人越发纳闷:赵二狗不咋样,他爹也是村里一霸,不是打瘸人家的小狗就是把人家小孩吓得尿裤……可为啥还能丢那么多碗,基本上算是全庄第一了呢? 见老面从后面走过来,一齐问:

"是不是你数错了?"

老面把头摇得像拨浪鼓:"这事,谁敢数错,闹着玩的?"

大伙更觉纳闷,摇头:"这事,这事!"

过了一段日子,老面在庄口放羊,瞧见一辆桑塔纳奔来。老面看清了里面的人,赶紧冲桑塔纳招手。谁知桑塔纳根本不理他,呼一下开了过去,溅起一摊污水,弄了老面一身一脸。桑塔纳绝尘而去,老面气得蹦着高骂娘:"好你个王八蛋!不是你求老子的时候了,叫老子后半夜往你床底下藏了五十个碗!"

老面这一骂,茄庄人的纳闷一下子解开了。

手　势

豫北乡下的小孩相互对骂不光使嘴,还辅助以手势,闹得热火朝天,鸡狗都跟着瞧热闹。小孩们用的手势有三种:一种是左手拇指和食指对成一个圆圈,右手食指往圆圈里不停地戳;一种是左手拍右胳肢窝,右手臂平抬,蛇头一样一伸一缩;再一种是双手叭叭地拍大腿根,小肚朝前一鼓一鼓地配合。年龄小,不知道啥意思,闺女家也这样。等年龄大了明白啥意思了,就再不比画手势了。如果谁家的孩子十五六岁还那样,一准是个"半精不傻",脑袋瓜差几层。四十几岁的人还那样,肯定是个大傻瓜吧?

不信?茄庄的文玉两口就这样。

文玉这几年喂猪挣了钱,不是小挣,而是大挣,口袋里的钞票天天叽喳乱叫的那种大挣。文玉钱足了就想把生活质量提高提高,尤其是看了根据女作家邵丽小说改编的电视剧《我的生活质量》,念头就更强了。生活质量当然不仅仅是吃和穿,住和玩,还有那方面的。文玉不好意思直说,就拐弯抹角提醒媳妇。从城里内衣店买了一套睡衣和内裤让媳妇穿,媳妇别别扭扭把睡衣套上,文玉一看连连摇头:"把毛衣毛裤脱了,脱了!"媳妇从了,文玉又让她换内裤。媳妇抓起那只镂空内裤一看,大叫一声,吓得扔下就跑。文玉很失望,也很生气。

但还得耐下心来做媳妇的思想工作,他就租了一堆老片,都是有关蒋介石和宋美龄的。文玉指着 VCD 喊:"瞧,瞧人家!喊得多亲热,达令!我也有小名,你就不能喊喊?光会喊'他爹他爹'。"媳妇笑了:"你的小名也能喊?"文玉也笑了,他和弟弟的名字一个叫茅缸一个叫茅勺,喊出来确实不太好听。文玉失了耐心,就想来点直接的。

再放片,是从汽车站小贩手里买来的那种片子,媳妇恼了,把片取出来踩了个稀巴烂,还骂文玉不要脸。一次次失败,文玉兴致大跌,和媳妇在一块竟没了一点感觉,"工作起来"还失败了好几回。后来越发严重,一连几个月文玉都不想和媳妇亲热。文玉直嚷嚷:"完了完了。"媳妇恨他:"完了也比你不要脸强!"

对媳妇的不解风情,恼火透顶的文玉听了这话更加恼火,骂媳妇:"傻蛋!老母猪还知道哼哼两声呢!"媳妇也不让他,回骂:"人没脸树没皮百法难治,茄庄上下几百口人,挑不出一个跟你这个样的,脸皮比城墙还厚,炮弹都打不透……"俩人你一言我一语地对骂起来,且越骂越来劲,谁也不肯先停下来。先停下来就意味着向对方服了软。后来骂累了,俩人的嗓子都有些沙哑,原来的男女高音二重唱变成了中音合唱。再后来声音越发低了,像两只快要泄气的皮球有一下没一下地往外蹦着。文玉仍坚持着,媳妇先没了音。文玉心里哈哈大笑,心说娘儿们总归是娘儿

们……一扭头,文玉却愣在那里。

媳妇嘴是停了,但对骂却没停,她居然在用手工作。媳妇两手放在膝上,左手拇指和食指对成一个圆圈,右手食指往圆圈里不停地戳……文玉万万没想到,媳妇居然会把儿时的手势派上了用场。再看媳妇,两腮潮红,眼睛汪汪的,真的很儿童。文玉的脑子不由一亮,浑身上下麻酥酥的,一种久违的感觉海浪般涌上来。

文玉和媳妇谁都没想到,儿时手势的突然来临,会使他们激情澎湃……文玉的生活质量着实提高了一回。

一只鸡蛋的官司

当干部当得久了,文玉变得圆滑,小星也失了棱角,俩人学会了和稀泥。东家吵嘴,西家打架,还有亲兄弟分家分不平的,都要村干部出面解决,关键时候村干部就得下一句结论:谁有理谁理亏。可是一和稀泥,就都有理了,又都没理了,解决了半天等于没解决。结果文玉和小星的威信一落千丈,茄庄老少爷们提起他俩就撇嘴:啥狗屁支书主任,一对糊涂蛋!

这话传到文玉与小星耳朵里,俩人臊得不行。小星用了从电视里学来的一句歌词说:"再也不能这样过。"文玉也说:"得办点实事,树树咱俩的威信,要不脸都没地方搁了。"

机会还真来了。

这天,狗蛋和驴蛋亲哥俩打得头破血流,来找村干部评理。

文玉和小星联手会审,让他们仔细说来。双方讲了经过:今天上午,狗蛋媳妇小莲从菜园回来,见那只黄母鸡"个大个大"地叫着,功臣一样迎上来,就知道它又下蛋了,便进屋抓了一把杂粮撒在地上。小莲对狗蛋说:"母鸡下蛋了,给你冲碗鸡蛋水喝。"两个鸡窝并排垒在东墙根,一个是堂屋驴蛋家的,一个是东屋狗蛋家的。小莲伸进手摸索半天,除了那只用蛋壳做的引蛋放在那,鸡窝里啥也没有。小莲很奇怪,今儿早上她还用手指插进黄母鸡屁股里捅了,有蛋呀。这时堂屋有个人影一闪,小莲心里全明白了。她张口就骂:"谁的手痒了,伸进人家鸡窝里偷鸡蛋,不怕吃了噎死你!"刚才那人影一下跳出来,是驴蛋媳妇香妞,村里有名的吵架大王,指着小莲骂:"你嘴里抹屎了?血口喷人呢?"小莲反问她:"骂偷鸡蛋的贼,你接啥话?"香妞不依:"这个院只咱两家,你不是骂我又是骂谁?说我偷鸡蛋,也不撒泡尿照照你有这个本事没有?怕是不会下蛋的老母鸡吧?"小莲嫁过来多年未怀孕,这下捅到了疼处,捂着脸呜呜哭着进了屋。一直保持风格不介入女人争骂之中的狗蛋脸上挂不住了,不会生小孩是他的病,被人揭了短他脸红脖粗地奔香妞而去:"看我不撕烂你的嘴!"这时驴蛋去供销社买化肥回来了,一见迎上去,拉开格斗式,说要自卫还击。哥俩就干上了。

　　文玉和小星一听笑了,说为一只鸡蛋也用动这么大干戈?小莲说偷了东西还骂人这口气我忍不下!香妞从家里端来了她家的鸡蛋罐叫大伙看,她对文玉说:"俺家母鸡下的是白皮蛋,她家母鸡下的是红皮蛋,支书主任看看罐里有没有她家的鸡蛋?"文玉一听心里有底了,就对她俩说:"公说公有理,婆说婆有理,今个儿晚上召开支委会专门断你两家的官司。"说罢让他们都回去,晚上听通知。

晚上两家吃了饭就支起耳朵听村里的喇叭,谁知一直等到小孩们上完夜自习放学回家,喇叭也没广播。小莲让狗蛋去看看,狗蛋来到村委会,却见窗上早爬了一个人——驴蛋。狗蛋等驴蛋离开后才凑上前去,支委正开会,只是研究的是收秋的事。他回家说给小莲听,小莲说:"看来要等到明晚了。"语音刚落,院子里一阵脚步声,文玉小星领着几个支委直奔堂屋而去。

驴蛋与香妞赶紧搬座,还用袖子擦了擦小板凳的灰土。支委们坐下来却没一人提他们两家的事,只管扯闲话,东一句西一句,把一壶水喝完了,小星高声说:"又饥又困的,回家睡觉吧。"大家应一声站起来要走,香妞慌了,拦住大家,吩咐驴蛋拨煤球炉做汤。做了一锅面条汤,每人碗里还卧了一只荷包蛋。大家吃完打着饱嗝说:"这回真该走了。"一直没说话的文玉,临走扔下一句话:"别看一只鸡蛋,咱也要弄个水落石出,不能让你家背黑锅。"

东屋里狗蛋小莲见村干部没往他家拐弯,又在堂屋吃了饭,心里就很着急。

第二天晚上两家仔细听着,喇叭还没广播,小孩们放学的时候,支委们又赶了来,不提吵架的事,只管讲笑话。香妞又做了一锅面条汤,每人碗里卧了一只荷包蛋。临走,文玉还是那句话:"一只鸡蛋小看不得,关系到你家的名声,咱一定要查个真相大白。"驴蛋香妞不停感谢。

狗蛋小莲却更着急了。

第三天又是如此。一罐鸡蛋见了底,香妞心疼得不得了,对驴蛋说:"明个儿要再来,还得去买鸡蛋。"驴蛋却纳闷:"为啥不去狗蛋家,偏偏一连三天来咱家,来了又不提吵架的事,文玉小星真是俩糊涂蛋……"这一细想,俩人不禁出了一脑门汗,知道支书主任这是在羞他两口子呢。

俩人一夜没睡踏实,天一亮就去了狗蛋屋。一进门香妞先照自己脸上扇了两下,然后鼻一把泪一把认起错来。狗蛋小莲也很感动,把送来的那只鸡蛋扔到了门外,说:"一只鸡蛋,差点伤了咱两家和气,真不值得!"

文玉和小星听说后,不由会心一笑。小星说:"咱俩好像还是在和稀泥?"文玉答:"只要和出水平,就没人骂咱了。"

筑　巢

一只燕子从我家窗户飞进飞出,嘴里衔着泥巴,忙着修补故巢。这是一只小雄燕,叫声和飞行的姿势,让人一眼就看出来了:雄燕尖,雌燕钝;雄燕急,雌燕缓。小时候,我称雄燕是"战斗机",雌燕是"客机"。我有一把弹弓,打过很多鸟,却从不打燕子。

前几天,这只燕子和它的姊妹不时从屋梁上掉下来,我搬来梯子,把它们送回燕巢。不久它们又掉下来,再送回,却发现是它们的妈妈在往外推它们——我恍然大悟。这时,一直给我脸色看的父亲对我说:"你都十八九了,莫非让我养你一辈子?"我被父亲送到进城打工的队伍里。临出门,我看见小燕子也出来觅食了。我在一个建筑队打小工,提灰、搬砖、开搅拌机,灰头灰脑地

干到春节,把厚厚一沓钱交给父亲,父亲没接,咧嘴笑了,说:"这是你自己挣的钱,你留着花吧。"母亲在一边说:"家里没指望你交钱,你能顾住自己,我们就心安了。"我就用这钱买了羊毛衫、皮鞋、西装、领带、大宝SOD蜜和摩丝。我完全是在无意识中购物的,当这些东西拿回家后,我吃了一惊。

当我全副武装起来后,我的烦恼却产生了。最初的烦恼,来自母亲的唠叨。我们这儿谁家娶媳妇,要提前一天在屋脊上架上高音喇叭,放《朝阳沟》《人欢马叫》,也放《抬花轿》《该出手时就出手》。一有人家娶媳妇,母亲就对我唠叨:"我一听见人家娶媳妇的喇叭响就成夜成夜地睡不着觉……"我一下子害羞起来。

懂得了害羞,烦恼也就有了。我发现自己特爱去供销社买东西,其实我家胡同口就有一个私人小卖部,东西很便宜,我为什么舍近求远呢?每次去供销社前,我还要对着镜子照,看领带系歪了没有,头发乱不乱。供销社那个营业员叫张小燕,我的初中同学,有一个学期我俩还同桌过。张小燕很大方,一进门就冲我打招呼:"你好!欢迎光临!"这是上级社要求的,营业员必须说文明用语,张小燕还专门去培训了一星期。但我一进供销社就感到呼吸发紧,买了东西匆匆离去。回到家里,我把自己关进小屋里,在一张白纸上胡写乱画,有时能画上几个小时。我还学会了抽烟。我的脾气也坏起来,有一次,居然因为浇地的事跟邻居吵了一架。还有一次,母亲问我中午吃啥,我竟没好气地嚷:爱吃啥吃啥!父亲见了,差点动手打我。

我的烦恼与日俱增,却又无法向人倾诉,这时我想到了我的"邻居"小雄燕。它很快把故巢修得严严实实,漂亮又稳固。再看它的身边,不知何时多了一个伙伴,漂亮的羽毛,欢快的叫声,是只雌燕！没黑没白地筑巢,原来是为了娶媳妇呀。雄燕和雌燕双栖双出,叽叽喳喳唱个没够,蹲坐巢口的时候,居然挨得那么紧。

看着它们,我一下子想起了张小燕,脸也一下子滚烫起来。

摸鱼摸虾

小亮把摩托洗得一尘不染,上蜡的时候还没忘往自己头上喷了几下摩丝。拾掇停当,冲妈伸出一只手,妈摸出一张百元票子拍在他手上。小亮皱皱眉,也不吭,把票子扔到地上,妈赶紧拾起来:"嫌少妈再给,扔地上干吗?"又摸出一张,两张一齐拍在小亮手上。

出了门,村里村外都是水泥路,小亮不停地加油门,一、二、三、四……一口气轰到五档,十几分钟小亮就到了茄庄小艳家。小艳和她妈迎出来,一齐说:"来了,小亮?"进了屋,又问:"吃了没?"小亮答吃了,小艳说驴才相信,你平时不吃早饭的。小艳妈一听,赶紧张罗去煮鸡蛋。小艳狠狠捅了小亮一下,小亮疼得直咧嘴,朝小艳瞪眼,小艳不怕,反把小亮瞪回去:"也不给俺妈买点东西?"小亮理亏了,就嘿嘿笑。这时小艳妈把一海碗鸡蛋水端上来,小亮用筷子一挑,真是丈母娘亲女婿,海碗里卧了八只荷包蛋。

俩人今天是去马桥赶会的,马桥会有百年历史了,全国著名

的杂技团和商贩都往这来,热闹得很。小艳几天前嚷嚷要给自己的头发换颜色,还真染成了棕色,今儿穿了一件三件套,胸前两个硬东西像歌星们一样鼓出来,鼓得小亮心里一热一热的。打着火,挂上挡,扭头和丈母娘告别:"您回吧。"丈母娘叮咛:"路上慢点。"谁知一松离合器却灭了火。又打着火,告别:"俺走了。"丈母娘又叮咛:"早点回来。"松离合器又灭了火。第三次打着火,都没话说了,小亮加大油门,摩托猛一蹿,小艳吓得赶紧搂住了小亮。

出了村口,小亮忽然一个急刹车,两只硬东西狠狠顶了他后背一下。小艳问:"咋了?"小亮答:"你没看见有一个坑?"一会儿又一个急刹车,小亮答:"有一块砖头。"小艳来回瞅,却没有,一下子明白了,不觉羞红了脸,心里骂:这个鬼小亮。

俩人在马桥会上看了一场杂技,打了一通气枪吃了两碗马桥凉粉和一盘油炸螃蟹,小亮给小艳买了一双"红蜻蜓"皮凉鞋,小艳又给小亮买了一件"天地人"衬衣,最后踏上了回家的路。小亮又玩起急刹车,小艳警惕着,双手使劲撑着后座,就是不向小亮身上靠。小亮急得脸红脖粗,到了茄庄口,却不进村一下子拐进了村口的老树林。小艳问:"咋啦?咋啦?"小亮把摩托停到一片空地,答:"天早着呢,回家干啥?咱俩聊会儿吧?"

俩人选一片草地坐下,草很绿也很干净,有一根钻进小艳衣裳里,痒痒的,怪舒服。小艳问:"聊点啥?"小亮不接话,盯着小艳看,先盯脸又往下边移,很放肆。小艳恼了,站起身就走。小亮一把拽住她,说:"开始聊,开始聊,聊咱小时候的事吧。俺在俺村树林扎过杨叶,用铅笔刀把筷子削尖,后面系一根麻绳……"小艳一噘嘴,不屑的样子:"这有啥稀罕,俺还在这耍过摸鱼摸虾的游戏呢。一堆人,划一个大圈,用手巾蒙住你的眼,摸住别人还得仔细摸,不叫出名儿不算赢……"

小亮一听眼睛不由一亮,说:"咱俩也耍一回摸鱼摸虾吧?"

小艳说俩人没法耍。后来经不住小亮死缠,同意了,俩人一边跺脚一边叫,"石头、剪子、布",小亮输了,先摸。小艳咯咯地笑着拽下他的领带蒙住了他的眼。小亮把领带夹塞给小艳,说你藏身上,我要是一下子摸住,你才算赢。小亮开始摸,一连跌了几个跟头,才摸住小艳。小艳咯咯地笑着,喊:"还有领带夹,快摸!"其实领夹她根本没往身上带,逗小亮玩呢。小亮嘴里说着:"我保证能摸到……"一伸手就直奔主题,紧紧攥住那两个硬东西。小艳羞得直跺脚,小亮却不松手,后来小艳的身子软了……

两只正专心恋爱的缺翅虫差点被压住,一激灵跳开了。

秋旮旯

秋旮旯,地里的草锄得差不多了,天也凉快了,就收了锄。男人们除了睡觉就是一头扎进麻将桌。女人们可闲不着,要趁这一段闲时光,拆洗一家人的被子和棉袄棉裤,该缝的缝该补的补,小孩腿长了棉裤就加一截,实在不能穿了不能用了,就做一套新的。做活儿时多是几家结合,谁家屋里宽敞就到谁家,地上铺几张凉席,在上面飞针走线润色光阴,提前置下了全家人一冬的暄和。三婶往年也是和别家结合的,今年娶了儿媳妇,就决定和儿媳妇

在自家做,反正活儿也不多。儿媳妇叫春花,长得细皮嫩肉,咋看咋不像个庄稼人。娶进门没几天,三婶就听到了一些风言风语,说春花别是青花红涩柿——中看不中吃的。三婶是个要面子的人,就怕这个。

这话春花也听到了,心里有些不好受。她男人却不以为然:"别听他们胡嗒嗒,没娶着俊媳妇心里不得劲呗。再说,你凭那双巧手在纱厂评过生产能手,啥活儿不会做?"春花听了又喜又忧,虽然她17岁到纱厂做挡车工,年年得先进,可缝衣缝被这些活儿她还真没挨过。正发愁着,偏偏四婶又来凑热闹,非要和三婶一起干活。四婶心直口快,她拉过春花的手瞧,瞧完就夸:"这手长得,比仙女手还巧,做针线活一定又快又好。今年我一直犯腰疼,这下好了,春花你替婶多做点吧!"春花心里着急,嘴上也只好答应下来。四婶是个急性子:"要不明儿个就开始?"春花赶紧推说身上来了,过了这几天吧。三婶在一边看着春花不说话,春花心里却一毛一毛的。隔两天,四婶又来催。春花从里屋出来,手里握了一团卫生纸,假装去厕所。四婶见了就问:"还没干净?"春花点头。四婶又问:"还得几天?"春花说就两天。四婶说过两天一准儿开始。

眼看着两天过去了,春花心里急得猫抓似的。这时候,娘家哥去镇里修麦耧路过来看她。春花仿佛见到了救星,悄悄对哥说:"你回去让咱兄弟来一趟,对婆家人说咱家的棉衣活儿做不过来,要我回去帮忙。"娘家哥说:"咱家的活儿娘和你嫂子都做完了,再说,你也不会——"春花急得要掉下泪来,狠狠掐一下哥的手,让他无论如何按她说的办。第二天,就在四婶又来催活儿的时候,春花的娘家兄弟来叫春花了。四婶急得不行,三婶在一边说:"叫春花去吧,娘家叫咋能不去?先尽着娘家的活做。"四婶没办法,捶捶腰一再关照春花:"我们等你回来再做,要不非把你娘和我累垮不可。"

春花心里偷偷地笑着,去了。

过了七八天,春花从娘家回来了,两家开始做活。先拆被子、晒棉絮,再缝。春花左手戴着顶针,右手一根银针灵巧飞快地在棉被上穿行。春花掩边掩得笔直,针脚走得又匀又密,还不时往破损的棉絮处添点弹好的新棉花。而且气均神定,鼻尖上不见丁点汗星。在一旁半天穿不上针的四婶早已汗流满面,一边骂自己老不中用,手伸出来跟猪脚差不多,一边夸春花手快手巧。拆洗完被子又拆棉袄棉裤,都做完了,春花对三婶说:"娘,我给您做一件夹袄吧。"春花连裁带缝,掖、掩、抻、拉,飞针走线,两天就做好了。四婶见了说,好、好,也让给她做一件,春花答应了。四婶走后,三婶一把拉住春花的手。春花往回缩,三婶拉住不放,只见春花的指头又红又肿,还有好几处被针扎过的疤点。三婶眼里涌着泪说:"春花,娘啥都知道了,你真是个要强的闺女呀!"春花不觉红了脸,心想,咋就没瞒过婆婆呢?

做完了棉衣,稻子也该收割了。割稻可是春花的拿手好戏,在娘家就没服过输,一起割稻的人让她一个一个丢到了后面。四婶早把春花的针线活夸了出去,现在村里人又见识了她的割稻功夫,都冲三婶道喜:"您真找了一个好媳妇!"三婶一边捆稻子,一边心里乐开了花儿。

盖 房

秋旮旯儿，是庄稼人的一段闲时光。爹要趁这段时间翻盖房子，并且把我召到跟前，跟我商量："咱是盖水泥现浇房呢，还是盖红砖蓝瓦房？"望着爹一本正经的样子，我有些不知所措，要知道，以前家里大事小事都是和娘商量的，从没跟我说过。这时娘在一边说："你都十九了，秋儿盖了房，冬儿给你说媳妇。说了媳妇，你就是个大人了。"一边听娘说话，一边习惯地抬手抹了一下嘴，我清晰地感觉到手背被胡须划拉的麻酥酥的感觉，突然一下子欣喜起来。

第一步是掀旧房，需要请人来帮忙。我家是独门小户，请人不太好请。爹报了几个有力气的，娘说了几家合脾气的，我在一边心里一涌一涌的，小声说："我也有几个朋友，一喊就来。"爹听了高兴地一拍大腿："都请来！"我去请他们，果真一口应了，说从掀到盖，我们干到底了。我说，不用跟家里商量商量？几个人笑了，说："家里说了，我们都到说媳妇的年龄了，是大人了。"又说："大人的事就该自己说了算。"那段日子里，干活最卖力的，也就是我这几个同龄人。后来不管谁家有活，大家总是不请自到，一个个抢着干，吃饭的时候，都主动往后排。

第二步是垫地基，石头夯已经不兴了，现在都用电夯。方圆几里，就一家有电夯：电工二狗。二狗媳妇和娘吵过嘴，两家不太和。男的见了面还搭个腔,女的却是谁也不理谁,有时走过了二狗媳妇还朝地上狠狠唾一口痰。如果去二狗家问电夯的事,他媳妇十有八九会不让借。一家人犯了愁。娘鼓了鼓精神说:"我去吧,大不了低个头说几句好话……"爹不吱声,却拿眼角瞟我。我拦住了娘,爹在用眼神鼓励我去处理这件事呢。其实也没什么好法,就是挨了二狗媳妇一顿数落和挖苦。当时我很委屈,眼泪快要掉下来了,可是一想起我是在替娘挨骂,又觉得不委屈了。

第三步是砌墙,料备齐了,也很快。才几日工夫,就该第四步了:上梁。房后的邻居抓钩家却不愿意了,说我家的梁照住他家的正门了,不吉利,叫挪挪。墙已经砌好了,梁的位置是固定的,不能挪。抓钩恼了,叫来他的兄弟们大吵大骂,不让我家上梁,还爬上墙头掀掉几块砖。抓钩家势力大,又霸道,打我记事起他家就一直欺负我家。爹打不过他们,娘骂不过他们,忍气吞声了这么多年,可现在……去找村干部,村干部"和稀泥",根本不管。爹叹一口气,娘叹一口气,还不住地抹眼泪。这次爹没拿眼角瞟我,可我的胸膛却燃烧了。我脱掉上衣,拎着一把斧头冲抓钩他们冲去。抓钩正骑在我家墙头说俏话,我顺着梯子爬上去,二话没说,抡起斧头照他就砍。抓钩吓得"娘"呀一声叫,从墙头上滚下来,他几个兄弟拉起他屁滚尿流般逃了。事后我的心怦怦直跳,心说他要不躲,我真砍下去准伤了他,那可麻烦了。这一斧,吓得他家再不敢来找事了。

终于等到上梁这一天了。正中一根横梁披红挂彩,中间被刮平的地方,用毛笔写上了宅主的姓名、泥工和瓦工的大名以及盖房日期。抬时要一个人抬住大梁头,这里很重很关键。爹要抬,我拦住了他,说:"我来!"几百斤重的大梁搁在我肩上,梁头系着

绳子，上面有人拉。我咬紧牙关，顺着梯子往上抬，一节、二节……爹在下边喊："挺直腰。"梁终于稳稳地搁上了墙头。娘早蒸好了"剽梁糕"，盛进一只木斗里，又掺进水果糖、大枣、核桃，交给匠人师傅。匠人师傅上一节唱一句"上梁歌"，扔几把"剽梁糕"。院子里站满了妇女小孩，都冲匠人师傅喊："往这扔！往这扔！"匠人师傅上到房上，歌唱完了，糕也扔完了，这时墙头垂挂的鞭炮也响了。

娘高兴地用围裙擦眼睛，爹也用手揉眼睛。鞭炮声中，我却感觉肩头怪疼的，一摸，肿了多高，是刚才抬大梁时压的。一份自豪，从我心底涌过，我对自己说："你是个大人了！"

村　事

典　礼

豫北乡下把娶媳妇说成典礼，就像把厕所说成"茅房"一样，祖辈传下来的叫法，改不掉了。小时候本家姑本家姐出嫁，几辆大马车，我们一堆小孩挤在上面比过年都高兴，攒足了劲要去吃一顿。那时候最高级的席面是"十大碗"：福禄肉、小苏肉、红豆腐……要是再有鸡和鱼，我们就要欢呼了。每次都有几个吃多的，不到家就哇哇吐出来，少不了挨大人骂："吃嘴不顾身的小兔孙！"谁让那时的生活条件差呢？现在哪家不是肉都吃着不香了？想想变化真大,迎亲的车由马车换成拖拉机,又由拖拉机发展到小轿车,去年村里的养猪大户海玉娶媳妇,租了清一色的红夏利,真气派!

乡下办一回婚事规矩特别多,说穿了都是女家整男家的,总觉得把闺女养这么大白白给了人家有点亏,所以就在典礼这天撒点气。男家自然也理解,就格外顺应女家,越是这样女家越好挑毛病。什么"拿钥匙钱"少了不给钥匙了,有人按新媳妇头不让拜堂了……有时一句话说得不合适,女家就要发作,掀桌摔板凳闹得不可开交。我亲眼见过一次,席面上没米了,男方家的人问女方家:"吃不吃了,还上几碗?"女家一位老者立时恼了,说:"有你这个问法吗?把俺当要饭的了?"男方家的人受了训不服气,刚争辩几句,女家几个汉子便"呼"地一下站起来捋胳膊卷袖要动武,这边众人赶紧把那人拉了出去。不过,也有不同的情况。有一家娶媳妇,男家几个闺女在外工作有成色,格外看不起女家。席面上男家一个女婿对女家极轻视。女家一个老汉没见过豆腐乳,以为是一道菜,整块送进嘴里咸得要命也不好意思吐出来,嚼嚼咽了。男家女婿追问:"好吃不好吃?"老汉回答:"好吃,就是有点咸。"男家女婿笑着说:"好吃,再来一块。"女家自然有识得豆腐乳的,知道是在耍他们,火气腾一下冒上来,抓起盘子就砸过去……

俗话说:"狗张狂了挨棒槌,人张狂了惹是非。"这一次,可是全怨男家了。

送 羊

农历六月兴送羊,舅舅蒸一对半跪的面羊,买两斤油条,用篮子盛了,用洗净的桐树叶盖住给外甥送去,意思是让外甥记住小羊的跪乳之情,长大了做一个孝子。亲舅送,堂舅也送,没有舅舅,表兄弟送。慢慢送羊就成了一种礼俗,一种累赘。接了东家送的油条,赶紧送给西家,西家又送给北家。转了几个圈,油条早干得不能吃了,里面也没有一点真情可言了。老表兄老表弟送,更是一件无奈的事。就拿我家说吧,父亲的表兄,我们的表大爷每年农历六月来送,过大年我们去他家走一回亲戚。一年就这两回来往,两家的小孩都不太认识。这一年又该送了,表大爷家谁都不愿来,最后表大娘来了,她血压高,到半路热得中了暑,差点过去了。后来我跟父亲商量:"干脆断亲算了。"父亲担心地说:"咱主动提出来,你表大爷不说咱?"我提了一份礼去表大爷家,把来意说了,表大爷一家谁也没说不同意,把我好好招待了一顿。那个亲热劲儿,就别提了。

瞧麦罢

麦子入了仓,娘家人要到闺女家看看,粮食收成咋样,生活咋样,实际上是放心不下闺女,摸摸男方的家底,这个习俗就叫"瞧麦罢"。娘家一般来个三五桌,男家这次接待可没啥标准,条件好的大方的人家就做得好些,条件差的小气的人家就做得差些,反正闺女已经给人家了,再找事等于是同闺女过不去,这可跟典礼那一回不一样。

西街有个磨豆腐的春生,是个有名的"仔细"家,吃饭时咬一口馍还得往碗里磕两下,生怕馍星掉地上了;几亩地的玉米从没用机器打过,一律用手掰,说是机器打得不净都浪费了;家里从不乱花一分钱,买斤酱油都上账。去年大儿子娶了媳妇,本村的,婚事办得不错,不过村里人都说那是春生怕女家找他麻烦,现在媳妇进了门,他要抠也管不着了。"瞧麦罢"这天女家的亲戚都不积极去,只去了两桌。谁知那天春生从县里请来在宾馆当厨师的表弟,八个凉菜十个热菜:海参、鱿鱼、鸵鸟腿……一点都不比典礼那天差。女家没去的亲戚直后悔,一个个啧啧:这个春生!这个春生!事后有人问春生为啥这么大方,春生回答:过日子该"仔细"就得"仔细","仔细"是为了把正事办大方。精打细算富一辈,不会"仔细"富一会儿……

村人听了极服气。

分　家

弟兄分家,一般找一个老家长,再喊来老舅,说好说妥,立下字据就成了。建国建中兄弟俩分家,只请了大舅来。建中专门骑摩托去城里买了鸡杂、卤肉、素菜,那天爹和舅上座,建国建中下座,打开一瓶酒,四个人边喝边谈。建国给大舅满上一盅酒,说:大舅,俺家的事你全当家!建中夹过一片卤肉,也说:俺和哥听你的。喝下三盅,大舅开了口:好,咱先把事说了再痛快喝酒,要不喝多了就糊涂了。你家这座新房给老二,老房给老大,老大你同意不同意?建国点点头同意。大舅又说:电视、家具都是双份,各人屋里归各人。你爹有两万块存款,老大一万二,老二八千,老大还得翻盖房子,老二你同意不同意?建中点点头同意。还有啥事呢……大舅拍拍头又说:几亩地按人头分,院里的树各家归各家,新院的树长得小,老二你吃亏了。建中接上话说:俺不亏,俺家具比哥的新。大舅说:都分清了,老二你写吧,写完按个指头印咱就开始痛快喝酒。

建国说:慢,俺爹的房呢?大舅说:真是的,轮到谁家住谁家,你哥俩还能让他住大街?建国不同意,说:得说个清楚,要不将来俺俩不孝顺了谁也没法治俺俩。大舅说:你说咋办?建国对建中说:老二,我说你写,咱爹轮到谁家就住谁家上房,不过上房不分给咱爹,咱俩家房子当中那一间分给爹,咱俩将来不孝顺了就让爹把五间房当中一间用抓钩扒了。建中按建国说的一句一句地写,那边爹一拍桌子,说他还有三千块钱防老,这下就全放了心,让大舅给俩孩分了。建国建中一齐说不,建中说:爹你留着慢慢花吧,想吃啥就买啥,想穿啥就置啥,你和娘操劳一辈子,光干没享过一天福。娘临终前,拉着俺哥的手说想吃一个大豆角,啥是大豆角,就是香蕉,娘一辈子都没吃过连名字也叫不上来……建中哽咽着说不下去了,那边大舅鼻子也一酸一酸,送进嘴里的一块肉怎么也咽不下去。

装　大

豫北乡下有接班、招工、上学分配到城里的子弟,回一回村里总想显摆显摆,有车的闹个车回去,滴滴答答在村里兜一圈,好不威风!闹不动车的就多装几盒好烟,一进村逢人就掏烟。见村人接了烟叼在嘴上就吸什么也不问,掏烟人很失望;若村人接了烟左瞅右看,问是啥牌子多少钱一盒,掏烟人便很兴奋,"精红旗渠,八块半一盒!"村人啧啧,掏烟人很自豪,弥补了闹不上车的失意。也有闹不上车硬闹,只有一成本事硬充十成的,茄庄张老疙瘩的小子张雷就是一个。

张雷商校毕业后分到县商业局办公室写材料,小子别的毛病没有,就是爱装大,没本事硬充有本事。在办公室明明是个干事,回茄庄偏说自己是头头,管车又管招待。村支书听说了,来县里办事就找他混饭,还问他能不能搞一壶汽油,家里有辆摩托。张雷胸脯一拍,说小事一桩,回家犯了难,单位哪有他说话的分?不光吃饭掏腰包,最后又自己去加油站买了一壶油给村支书。

不久前县里成立一个"政务六公开办公室",在下面局委抽人,单位派了张雷去。"政务六公开办公室"设在县委大院,第一次去,门卫拦住他登记,张雷说是来帮忙的,门卫就放他进去,还说今后不用登记了。张雷很兴奋,感觉自己也是县委大门里的人了,见人家出出进进都夹个公文包,他就也买了一个。再碰见熟人,人家问他干啥去?他就说调县委了。这事传到老家,村支书便让人捎信来,要张雷抽空回去坐坐,指点指点村里的工作。张雷一口答应了。

星期天,张雷找到一个熟人,要借人家的手机用一天。熟人不想借给他,张雷死缠活缠,说:放心吧这个月我替你交费。熟人说是神州行,不用交费直接买充值卡。张雷二话不说跑大街买了100块钱充值卡,对熟人说:"我一天撑足打七八个电话。"熟人没法,借给了他。张雷出发前又一再嘱咐老婆,中午十二点之后给他打几次电话,嗓音装成男的,别多说话,只管哼哈。借了手机,又到处借车。眼看快晌午了还没联系好,最后没法就去街上雇了一辆出租车。到了村口,张雷赶紧让司机把车顶的出租招牌拿了下来。

村支书迎了出来,啧啧:张雷都有专车了,真混出模样来了。张雷夹着公文包,很有气度地和他们一一握手。谁知身后出租司机呼一声走了,连个招呼也没打。村支书一愣,张雷赶紧打圆场:"司机母亲住院了,跟我请了假回去看看。"村支书准备了八大盘十大碗,还喊来茄庄两委会全体班子作陪,款待村里唯一在县委上班的大干部。刚一入席,手机响了,张雷拿出来接:"喂,谁呀?陈书记!中午让我陪客人?真对不起……""啪"关了手机,一旁早惊呆了一班村干部:老天爷,陈书记可是咱县的老一呀。

菜过三巡酒过五味,张雷一抹嘴要走,说下午还要给陈书记赶写一个讲话稿。村支书问:"车呢?"张雷拿出手机说给司机打传呼,又啪一下关了,对村支书说:"司机母亲下午要出院,我把车让给他用了,你俩派个车送我吧。"村支书说:"咱村只有拉砂的大卡车,降低你的身份了……"张雷说没关系,就坐了一辆卡车回城。

司机小时候和张雷同过学,一路上直夸他有本事,进了县委,迟早混个乡长书记,到时候可得拉拉咱这没成色的老同学。张雷心里美滋滋的,对同学说:"以后有啥事只管说!县里一般部门我说话都管用。"说着话到了收费站,司机歪头问他:"这儿认识不认识人,咱不用缴过路费了吧?"张雷心里叫苦,却也得硬撑住,就伸出头和收费员说他是县委的,下乡搞调查了。收费员打量他一番,又看看这个大卡车,摇摇头,让他出示工作证。张雷说忘带了。收费员说我们认证不认人,缴费吧你。

司机瞅张雷,张雷脸腾一下红成了猴屁股。

乡间趣事

挖田鼠洞

　　村人张七，长相奇特，除一张尖嘴猴腮的小脸外，胡子还朝上翻着长。真应了老辈人的那句话，"胡子朝上勾，家里出小偷"。张七上学时偷同学的铅笔刀，长大了偷生产队的棉花，后来偷村里的树木。严打时蹲过大牢，也让人打折过腿，可是这毛病硬是改不了。

　　张七有一个癖好，挖田鼠洞。一入冬，他就扛一把铁锹到地头寻田鼠洞，一个洞下来总有七八斤粮食。背了粮包回村，村人跟张七打趣："张七，你咋偷到老鼠窝里去了？"张七眼一瞪："俺这是消灭害虫，让老鼠们冬天全饿死！"村人就叹："这些偷东西的老鼠下场够惨的！"张七听了，心里不由一咯噔。

　　这天张七挖到一个大洞，一家伙弄了二十多斤杂粮。张七狂喜不禁，用包装了回家。没走出多远，两只兔子一般大小的田鼠外出归来，张七赶紧蹲下来观察。两鼠一见老窝被捣，口粮被夺，气得鼠眼圆挣，吱吱嘶叫，围着洞不停地转圈。"兔子急了还咬人"，张七真担心两鼠发现他蹿上来咬他。谁知两鼠叫了一阵，忽然窜上地头一棵小树，把脖子伸进干枯的枝丫，腿一蹬，竟上吊死了。张七吓坏了，扔下粮包，拔腿就跑。

张七自此改掉了多年的毛病。村人中有做事冒失不怕得罪人者问他原因,张七答:"不会有好下场的。"

麦堆小了

田九老实本分,却迷信。进城买东西或做小生意出门,必看日历,坚持"七不出门八不回家"。麦天打场,田九最忌人说"麦堆小了"。他告诉家人一说"麦堆小了",就会真的应验,本应收十包非折二包不可。

今年打过场,扬了麦,田九望着金灿灿的麦堆掏出旱烟袋美滋滋地吸起来。上小学一年级的孙子在一旁把自己家的麦堆和邻家麦堆比较后,歪着脑袋告诉田九:"爷,咱家的麦堆小。"田九一惊,蹦起来朝孙子头上就是一烟袋。田九当天也不敢往家装麦了,晚上又是烧香,又是求愿。第二天装好麦子一算,一亩地才合500斤,人家都合900斤呢。田九责怪孙子把麦子说跑了。

过一段时间,村支书和乡派出所的同志来找田九,要他去乡里领小麦。说抓住一个贼,贼交代那天晚上偷了田九7包麦子。一家人全看田九——

田九哑口无言。

机井房

张木匠打工一回来,大狗二狗就问娘:机井房又该去看了吧?

果然,零落了一冬的机井房突然整洁起来,窗子被碎砖挡住了,还用稻草铺了一个"床"。大狗很气愤,把稻草抱到外边,一把火点了。从机井房出来往回走,一边走俩人一边回头望,大狗说他咋看咋觉得机井房像电影里敌军的碉堡,真想抱个炸药包炸掉它。二狗说不用,买一把铁锁把门锁上就中。

回去跟娘说了,娘给了他俩十块钱,说买个大点的锁。又嘱咐大狗二狗:你俩真得盯紧点,你爹他个花心萝卜,挣了一冬天的钱只给我交了一半……

过了几天,大狗二狗去机井房一看,机井房上的锁被人用砖头敲了,扔在一边。里面的稻草铺得又厚又暄,居然还用红薯藤垫了个枕头。俩人捡了一团脏巴巴的卫生纸回来向娘汇报,娘气得咬牙切齿,"发现是哪个,非用剪刀给她铰烂不可!"骂完娘又扯着嗓子哭起来,"我的命咋真不好呀……"气得嘣嘣地往墙上撞自己的头。

大狗二狗也很生气,俩人合计着要替娘出这口恶气,惩罚一下惹娘生气的人。第二天俩人再次来到机井房,发现机井房里又是井然有序,大狗刚刚捅开的窗子也被堵上了。大狗火冒三丈,吩咐二狗快拿主意,要不他就去找点炸药把机井房炸了。二狗动

了一番脑筋,最后和大狗开始忙活起来。俩人回家找来一根绳子和两根木柱,费了一番力气,终于吭吭哧哧将一块石头吊到了机井房顶的木椽上,然后把机关设在了机井房的破铁门上。也就是一根打了活结的绳头。只要来人推门进去,石头准能掉下来,砸他个狗血喷头。大狗嫌吊上去的石头轻,又找了一块,两人抬不动就用绳拴住,拖到了机井房里,大狗累得鼻涕流了多长。二狗很害怕:"要把张木匠砸死了,咋办?"张木匠不像个爹样,他们提起他就直呼其名。

"砸死他活该,不顾家不说,还天天气娘!"大狗狠狠地说。

出事是在开春后。一解冻,村里盖房的人家就多起来。张木匠突然就被人尊敬起来,这家请罢那家请。那天入席后张木匠喝得很痛快,猜拳过圈时又打了一个通关,脸上便灼灼放光,扬言要和主家的婆娘喝个够。端着酒歪歪斜斜走过去,经过一个邻家媳妇身边时悄悄拧了人家一把。那个邻家媳妇是他的老相好,得了提示就假装上厕所跑了出来,张木匠和主家的婆娘碰完杯也装着上厕所出来了。两人很快敲定了事情。

酒宴一结束,张木匠顾不上擦洗脸上的灰土急匆匆往机井房去。经过一个打麦场时,随手从稻草垛上揪出两捆稻草,左右分开,一边夹一捆。想着邻家媳妇的小蛮腰,张木匠不由小跑起来,差点儿让一块土坷垃绊个跟头。他一脚将土坷垃踢飞,恨恨骂了一句脏话,脚步却越发快了。

机井房的破铁门虚掩着,张木匠夹着干稻草想都没想就一头撞了进去。

瞧　戏

村里今黑儿唱大戏,锣鼓家什咚咯锵咯一开始,便出来两个戏子翻跟头,耍花刀。这是垫子戏。过后才唱正戏,唱的是《打金枝》。戏唱着,小亮和小星就在黑压压的人堆里挤,小亮老是有意无意往人家身上蹭。外村的大姑娘小媳妇吃了亏也不敢吭声,自己村的可不依,张口就骂:"哪家的鳖小子。"只是让戏迷住了心,骂过就又伸直了脖瞧戏。小星跟在哥后面,心里直腾腾。

忽然有人拍了小亮一下。"冬梅!"小亮没想到会碰见冬梅,黑暗里红了脸,他和冬梅不久前定了亲,换了小八件。小亮埋怨冬梅:"来了也不往家里去?"冬梅赶紧解释:"俺不爱瞧戏,待一会儿打算回去的。""那干脆去俺家坐会儿吧。"小亮提议。冬梅开始有些不好意思,同来的女伴就推她,不知谁还冲她嘀咕了一句什么,大家哗一声笑了。

小亮领着冬梅前面走,让小星买了一袋瓜子跟在后面。走着走着小星拽住了小亮,小声提醒:"哥,都走过咱家了咋不拐弯呢?"小亮极不满小星的多嘴,狠狠地踩了他一脚,低声斥他:"能死你啦!"随后大声对冬梅解释:"去俺新家瞧瞧。"

新瓦房去年冬天才盖好,里面啥也没有,窗户用报纸糊褙着。铺了一张床,小亮小星守夜用的。小亮燃着一支蜡,让冬梅坐下就把小星唤出了屋。他小声吩咐小星去外面守着,有人来了要大

声咳嗽一声。小星嫌外面冷不情愿去,小亮赶紧从裤兜摸出一只音乐电子火机,火机上有个女明星,一打火机,电影明星就成了三点一式,硬往小星怀里塞,说:"让你玩两天。"然后咣当一声关上了门。

冬梅穿了一件碎花红棉袄,束得腰极细胸极鼓。小亮挨着她坐下,她有些不好意思地挪了挪。

"爹好吧?""好。"

"娘好吧?""好。"

小亮和冬梅说着话又近了一点,小亮的手很积极主动地搭在了冬梅肩上。他生怕冬梅躲掉,谁知冬梅没有,只是垂着头抠手指,呼气极紧张。俩人沉默了一阵,小亮忽然声音有些发颤地唤:"冬梅——"冬梅抬起头,一双闪亮闪亮的眸子定定地瞅着小亮:"你想说啥就说吧。"

"你这红棉袄真好看,让俺穿穿试试吧。"小亮一边称赞冬梅的衣裳一边就去解她的棉袄扣,冬梅拦了拦,却没拦住。

脱完棉袄又脱衬衣,冬梅拦了拦,又没拦住。小亮最后说:"你这小褂咋鼓鼓囊囊的,让俺瞧瞧里面藏个啥。"

……

戏场里锣鼓声一阵紧似一阵传过来,小亮和冬梅知道:戏要散了。俩人从屋里出来,却不见了小星。小亮一个人把冬梅送到她的伙伴中,往家回,一路走一路嚎:妹妹你坐船头……

屋里明晃晃亮着灯。小星正坐在床边愣神。

"叫你站岗放哨,你跑哪去了?"

"瞧……瞧戏去了。"小星低着头回答。

小亮见他吞吐,起了疑心。他往窗户上一瞅,见报纸上破了一个鸡蛋一样大的洞,很像谁的一只眼睛。小亮照小星脊梁上抡出一巴掌:"鬼小子,你瞧的好戏。"

又要打,小星躲开了。站那待了半天才开口:"哥,你替俺求求爹,也给俺说个媳妇吧……俺今年都十七了。"

辫　卡

那时候生活差,家里除了来客和驻队干部吃派饭时用白米白面,平时谁舍得用白米白面?放学了肚里饿得咕咕叫,就去煤火边寻晌午剩下的黄玉米疙瘩,蹲到大街一块青石上喷香喷香地慢嚼。这个时候小东出来了,他总能闻见我的黄疙瘩香味。我赶紧用手护住疙瘩,提防他,他嘿嘿笑,说:"把心放肚里吧,俺还能恁不要脸再吃你的疙瘩?俺闻闻味就中了。"信了他,我开始放心吃,谁知他竟饿虎扑食般一口吞了我的疙瘩就跑。我一边撵一边哭,撵到他家,他姐新红从屋里出来,薅住小东的头发就打:"你个不要脸!你个吃嘴精!"

新红比我和小东大三岁,跟我四姐一个班。她爹是个瘸子,挣不动工分家里年年缺粮,所以小东老是一副饿慌慌的模样。四姐说新红上课时一缕头发老是落下来盖住她的眼睛,很碍事,她原来有一只辫卡夹着,丢了,家里却不肯再给她买。妈就让四姐拿了一只辫卡给她,谁知她说啥也不要,说:"拿惯人家东西会落下坏毛病的。"四姐回家说了,妈就拿新红跟小东比,夸:"多懂事

的闺女!"又说:"这闺女银盆大脸,身子骨硬实,长大一准又俊又能干,咱家小中要是能娶她,那才是福气呢。"妈这么一说,我在一边竟不好意思起来。

热天里我们一堆半大不小的孩子被大人撵去西河林,给生产队的牲口割草挣工分,一人推一辆独轮小车,吱吱呀呀,很像《三国演义》画册里的运粮官兵。自从新红把横行霸道的赵小孬连摔四个跟头后,她就做了我们的"领袖"。她把大家分成几组,不叫单独行动。西河林又广又深,有点瘆人,割草时不光能惊飞一对野鸡,割出一窝鸟蛋、一只刺猬,有时还会割出一条大花蛇。新红待见我,老是让我跟她一组,我心里自然欢喜得要命。新红割得飞快,一会儿一堆儿一会儿一堆儿,把我丢得远远的,我拼命挥动镰刀。这时新红停下来回头冲我笑,她的脸白里透红,白是瓷器般的白,红是苹果样的红,极耐看。新红见我望她,笑着问:"瞧俺干啥?相中俺了?"

我脸一红,说了实话:"俺妈说了,要是能娶你当媳妇,那才是福气呢。"

新红听了咯咯地笑起来,说:"你娶俺,要俺干啥?叫俺侍候一个小孩呀……"

新红全然不顾我的害臊,一个劲儿笑,笑完又往回割来接我。我看见她左边那缕头发没有辫卡夹着,常落下来盖住了眼睛,她不时用手扒拉一下,对我说:"碍事,真想用镰刀割了它。"我问:"你咋不买只辫卡?"

她叹一口气,一屁股坐在草堆上,我挨着她坐下,她说:"大人舍不得花钱。"又问我:"你知道俺家有多穷?"我摇摇头,新红瞧瞧四下无人,竟抓过我的手说:"俺连扯块布做裤头的钱都没

有,不信你摸摸。"新红解开用草帽带做的腰带让我伸进手,一摸,她果真只穿了一条单裤。我把手拿出来,新红一连关照我两遍:"对谁都不要说,要不丢死人啦。"我点点头,然后很郑重地对她说:"新红姐,俺长大了一定给你买只辫卡。"

新红笑问:"你长大了能有啥成色?"

"长大了俺当个科学家,当了科学家就能给你买辫卡了。"

"难得你的好意,不过到那会儿就该实现共产主义了,日子都好过,你没听老师讲,楼上楼下,电灯电话……啥都有了。"新红想到了未来,我赶紧接上话:"可不是,那时候东西便宜极了,屎壳郎能换洋糖,鸡屎片能换辫卡。"新红扑哧一下笑了,说:"到时候辫卡就不要钱了,俺到供销社想拿多少就拿多少。"新红躺在草地上,口里衔了一根星星草,我看见她眼里一片憧憬……

我对新红许诺过之后,就一直忘不掉。几年后我到县一中读书,尽管家里也穷,穿的裤子又窄又短,脚脖都露了出来,可我还是省吃俭用攒了一块钱,去县供销社给新红买了十只辫卡。十只辫卡!别在一张硬纸上,整整齐齐一排,要多好看有多好看。星期天回家我把新红叫到村外,送给她,她惊喜地接住,摸摸正面又摸摸反面,然后一下子搂住我,哭了。她比我高半头,泪水落下来,吧嗒吧嗒掉在我脸上。一会儿她又笑了,说:"俺该高兴呀,是不是,小中?"

这时新红已经辍学回家成了一名劳力。听说她很要强,和男劳力干一样重的活,推粪、扬场、扶犁……参加劳动第一天,队长派她和两名妇女去踩轱辘抽水浇菜园,那两个妇女为头天谁干的时间长短争执不休,迟迟不肯上去踩轱辘,新红急了,对她俩说:"你俩都歇去吧,俺一个人就能对付。"一天下来,全队人对她喷喷称赞。年底家里也由缺粮户变成了余粮户。第二年开春,我正上课,新红带了两袋粮食来学校,到伙上给我换了50斤白票60斤黑票。新红高挽着袖管,一脸健康的笑,对我说:"往后上学只管敞开吃,俺挣工分供你,你将来当个科学家,再给俺买一串辫卡……"

那年新红二十岁,尽管她开着玩笑和我说这话,可是从她眼里,我还是捕捉到了让一个十七岁少年怦然心动而产生眷恋的那种情愫。

找对象

豫北乡下娶媳妇爱瞎热闹,头天晚上就在房脊上架起高音喇叭,东西南北一边一个,放《朝阳沟》《人欢马叫》,也放《对面的女孩看过来》《该出手时就出手》,闹得一村人都跟着激动。也有睡不着觉的,不单单是喇叭吵的,是动了心事。

这年冬天,娘不止一遍唠叨小明:"我一听见人家娶媳妇的喇叭响就成夜睡不着觉……"接着四处托人给小明找对象,媒人来家回话,用不同寻常的目光瞅小明。结果把小明瞅恼了,心说我找不着对象咋的,还用你们瞎操心?于是他就用棍子打鸡,用脚踢狗,还拿木头门出气。媒人看出来了,一个个撒手而去。娘急了,骂小明:"你个兔孙!有本事给我领个媳妇回家!"小明"哼"一声,说:"领就领,我就不信还能打光棍不成?"其实小明心里早已有了目标。

这天,他找出春节那套才洗过一水的西装,又系上领带,皮鞋擦得锃亮锃亮,用摩丝把头发整得湿漉漉的,往后梳了个"大奔",对着镜子看,越看越觉得自己像周润发。"还要有周润发的勇气才成。"这样想着,他就去了村供销社。一进门营业员就冲他打招呼:"欢迎光临!"打过招呼却"扑"一下笑了,说:"你呀——"小明也笑了,说:"老同学变洋气了,说起了普通话。"那个营业员是小明的高中同桌张小燕,她爹是村主任,才进了供销社当临时工。张小燕不好意思地说:"上头要求讲文明用语,还专门办了培训班,只是有点别扭。"两个人说了一会儿闲话,小明说还有正事要办,要张小燕给他拿几样高级礼品。张小燕问他干什么?小明说:"保密。"张小燕笑问:"莫非去找对象?"小明笑答:"还真让你猜对了。"张小燕接着问:"哪村的?我认识不认识?"小明又说:"保密。"就提了礼品出来。

小明直奔村主任家,弄得村主任有点丈二和尚摸不着头脑。等小明说明来意,村主任立马变了脸:"就你?卖豆腐老胡头的小子也想和我闺女谈对象?"小明并不自卑,说了自己的理由:"我爹是卖豆腐的不假,可我比他有志向,我现在养了一百多只长毛兔,还和县里养殖公司签了合同,用不了几年我就会富起来了。再说我和小燕在学校是同桌,我会好好待她……"没等小明说完,村主任就把他赶了出去,礼物扔了一地,还笑他:"真是癞蛤蟆想吃天鹅肉!"

小明把礼物提回供销社,张小燕问是怎么回事,小明如实说了。张小燕一下子红了脸,眼里汪着潮水,说:"你……你怎么能这样?"小明隔着柜台说:"我怎么不能这样?咱俩在学校关系恁好,共同解过不少方程几何题,以后在生活中就不能共同……再说,高三时我就给你写过情书,你又不是不知道。"小燕的脸更红了,生怕别的营业员听见,示意他小声点。小明就小声对她说:"我现在正式向你求婚,希望你能尽快答复我。你爹说我是癞蛤蟆,我是吗?在学校班里好几个女生还追过我呢。"

一连等了好几天,不见回信,小明又来找她。这次什么也不说,只买了一盒烟抬腿就走。张小燕觉得纳闷,把小明给的钞票往抽屉放时,却见上面写满了字,一看,正面是"张小燕张小燕",背面是"我爱你我爱你我真心爱你"。这次张小燕可不光是脸红了,心怦怦直跳,赶紧从身上掏出一张钞票换了。这天晚上,一向无忧无虑躺下就睡的张小燕却翻来覆去合不住眼,一次次打开灯,又一次次关掉。尽管是冬天,小燕却燥热得把腿伸到了被子外面……这个冒失又可爱的小明呀。这天,小明不知怎么知道张小燕明天要过生日,就骑自行车跑了几十里去县电视台给小燕点歌。回来时天已经黑了,他急着去告诉张小燕,却不小心在一个拐弯处摔进了沟里,胳膊也骨折了……张小燕知道后,扑扑嗒嗒直掉眼泪,一颗少女的芳心再难平静下来。两个人开始好了。

转眼间过了冬,有一次张小燕在家里忽然对着水池哇哇吐开了酸水,把她吓了一跳。这事让她娘发觉了,大惊,召集全家人审问,张小燕招了。她爹气得哆嗦了半天说不出一句话,她哥找了一把刀要去把小明捅了。张小燕扑通一下跪在她哥面前,哭着求他:"要杀你先把我杀了吧!"她娘在一边叹一口气:"生米做成了熟饭,都别嚷嚷了,还嫌丢脸不够?"

几日后,小明家房脊上架起了高音喇叭,东西南北一边一个,放的《朝阳沟》和《大花轿》。他娘高兴得抿不住嘴:"我儿真有成色,攀上了村主任的闺女!"小明瞪他娘一眼,说:"谁稀罕他是村主任?我和小燕是真心对真心!"

听　窗

　　茄庄人听窗很下作,方圆几十里都知道。以前是木头格子窗户,听窗的人就用手指头蘸唾沫弄湿上面的白纸,透出一个洞,馋巴巴的眼睛一个个贴上去。见人家小两口路不熟,没有搞过课前预习,半天进不了戏,就隔着窗子给人家指导起来。吓得人家噗一下吹了灯。

　　现在的房子改进了不少,木窗子都换成了玻璃窗,有的甚至是铝合金,位置也提高了不少。可听窗的照来不误,够不着就抬梯子,更有甚者,不知从哪搞来一台高倍望远镜。要是人家挂上窗帘,听窗的该傻了吧?嘿,有人竟专门跑去县城买了一把玻璃刀,把玻璃割下一块。

　　却说有一回,听窗的人半夜里扔下梯子去喝热汤,正好有三个女娃从村办纱厂换班路过,窗子里面有娇喘声传出来,三个人以为这对新人在看啥电视剧呢二话不说就爬了上去。

　　过了几日,其中一个女娃从村头的纺纱厂下班回家,被一个男娃拦住。"小莎,你下来,我有重要的事要跟你说。"这个叫小莎的女娃就跳下自行车,很不满地盯着站在车前伸开双臂的男娃,她对男娃说:"赵化南,你就死了这条心吧!我对你一点感觉

都没有！你不要老逼人家！"叫赵化南的男娃依旧张着双臂："我不是说这事的,我有比这更重要的事,关系到你的名声问题！"

"哼！"小莎把脸歪过一边。

赵化南身子往前探了探,小声说："前几天赵化甲结婚,咱村有三个女娃去听窗,这事要是传出去,她三人还咋找婆家？你说说,你说说。"

小莎的脸腾地一下红了,态度开始软下来。赵化南又说："要不,去我家说说这件事？万一在大街上谈论让人听去……"小莎尽管不情愿,还是无可奈何地跟着赵化南拐进了他家。小莎一边扎车一边安慰自己：只要自己不承认,他又没在场！只是也不敢太惹恼他,传出去,总归不地道。

进了屋,赵化南又是倒水又是拿糖,却不提刚才的事。坐了一会儿,小莎有些忍不住了,问他："听你说话的口气,好像真有这事？不知道那三个女娃会是谁？"

赵化南叹了一口气："咱也没想到,她们中有一个女娃,会是咱茄庄脸皮最薄平时见了男娃一说话就脸红的那个。嗨,真是人不可貌相啊。也真应了老辈人的那句话,会叫的狗不咬人,不叫的狗才咬人呢。"赵化南一副惋惜的模样。

小莎却急了："你骂谁呢？"

"嗨,那个女娃又不是你,你急个啥？"

小莎委屈得双眼噙满泪水,喘气也有些急。她站起身要走,赵化南却将她一把拽住："你不想听听这个女娃是谁？"

小莎不理他,继续往外走。赵化南急了："就是你,怕说也是你！"

小莎的身子震了一下,她停下来扭头问赵化南："瞧你这肯定样,好像你在场一样？你说是我,我说不是我,谁来证明？"

赵化南一听,噔噔跑里间拎出一台摄像机,拍得啪啪响:"它就能证明！"啪一下按下了播放键……小莎捂住了双眼,泪也顺着指缝爬出来:"你欺负人,你欺负人！我可是个女娃呀,我可是个女娃呀！"

小莎一哭,赵化南慌了。他赶紧找了毛巾给小莎擦脸,小莎一掌给他打掉在地上。他急得在屋里来回转圈:"我这就把录像带烧了,这就烧了。"又对小莎说:"这事也就我知道,只要那俩女娃不说,没人知道。"小莎停了哭,一边攥住赵化南的手,一边一字一顿地说:"你当真不跟别人说？"赵化南使劲点点头。

小莎说:"我不放心,你得发个誓。"

赵化南一脸郑重,举起拳头对着屋顶发誓:"小莎的事我要再对第二个人说,叫我天天出事,放火鞭把眼炸瞎,叫我不得好死,出门就叫汽车轧死……"

这话也太重了,小莎一把捂住了赵化南的嘴。

……来年冬天,茄庄又一对新人入了洞房。晚上闹洞房的人假装哈欠连天离去,却搬了梯子爬到后窗上。只见新郎把桌角的一台摄像机扭转过来,镜头对住床上,还"啪"地打开了开关。新娘慌了,问:"干啥呢,你干啥呢？"新郎嘻嘻笑着又调了调角度,"拍个洞房 MTV 补偿补偿你！今天我演男主角。"说完一跃,嘿嘿笑着朝新娘扑了过去。

唱　戏

　　入冬了,村民们都聚在大街上晒太阳,闲扯。扯来扯去就对村干部扯出意见来了,骂文玉和小星:"什么狗屁支书主任,没给咱办一点实事。人家东村请了省二团唱大戏,西村也排上了,听说来咱村联系,村干部一口就回绝了。"这话传到文玉的耳朵里,就有些不大好受。其实文玉也想热闹热闹,他当支委的时候是分管群众文化的,懂行。可村积累老是零,现在唱戏管吃管住不说,一场戏就得几千块,上哪儿去弄钱?于是他把小星喊来商量。

　　小星这几天也在考虑这事,那些难听话他也听到了。小星说:"吃住好说,每家按人口收粮食,估计不成问题。这钱是大事,最起码唱上三天,三天就是一两万,村里拿不出一分钱,群众也不会出这钱。我想了个办法,不知中不中?"文玉知道小星平时爱研究个"三国"什么计呀谋的不离口,关键时候也能出点主意,他让小星快说。小星说:"叫咱村在外当官的集资。不过必须咱俩去找他们,村里一把手二把手去,人家会觉得咱重视人家。"文玉有些顾虑:"要是人家不给,咱脸往哪搁?"小星蛮有把握:"不会,一般在外工作的人都重视他们的领导。"

　　文玉和小星准备用来妞的出租三轮去县里跑事,来妞不去,小星说给你记工,来妞说:"光记工不兑现,顶个屁用!"文玉和小星只好骑自行车去了,还真管用,顺顺利利就集了几场戏钱。再回村,俩人气壮了许多,小星在喇叭里宣布:"村委会准备请省二团来咱村唱三天大戏,钱不用大家操心,剧团吃饭的粮食各家各户摊派,一口人半斤面!"完全是命令的口气,他知道半斤面谁家都不在乎。往街上走,就有村民拦住他递烟,问:"村主任,真唱戏?""哪的戏?不会还是咱县豫剧团吧?"小星答:"明天我和支书就去联系,梨园春不敢说最起码也得把许昌豫剧团请来。"

联系好了剧团,小星开始领人搭戏台。村民一边把家里的木板棍棒搬去占地方,一边去外村通知亲戚几月初几来瞧戏。文玉这几天也骑车去东村姥姥家通知她们。一进村,碰见一桩丧事,拿花圈纸扎的小孩们格外眼熟。细一看,二十多个小孩子不全是自己村的吗?校长老宋也来了,小孩们排成队,他正站在队列前头指挥。文玉冲老宋喊了几声,老宋跑过来。文玉问是怎么回事?老宋告诉他,新校舍盖好后一直没钱安玻璃,再过一个月天就上冻了,他领学生来丧事上拿花圈纸扎,挣个玻璃钱,好让学生过冬。文玉听了,脸腾一下红了,一直红到耳根和脖子,他骑上车转身就走。

回到村里,文玉风风火火找到小星:"戏不唱了,戏不唱了。"小星把戏台搭到一半,正在兴头上,问啥原因。文玉悄悄地说了,小星闷了声,半天才问:"谁去找剧团退戏?"文玉说:"当然你去了!这点小事还让我一把手跑腿?"小星不去,文玉也不去,最后差了一个支委去了。

听说不唱戏了,村里炸开了锅。有人把文玉和小星的祖宗八辈都骂了,说:"日哄人哩!是不是想贪污集资来的戏钱?"校长老宋找到骂文玉和小星的人,点着鼻子骂他们:"戏钱支书都给我了,让我给教室安玻璃,一个教室还买一个煤球炉,支书特别关

照我,买那种带排气筒的炉子,千万不要让学生中煤气。"那几个火气大的人一听,倏地一下没了火气,一个个耷拉着脑袋,再也不敢吭声。

老宋在村里逢人就说:"还瞧啥戏?支书不是给咱唱了一出好戏?"

风　筝

小艳三岁那年,爹去了。娘几番哭死过去,泪干了,就显得痴呆了许多,紧紧搂着小艳,生怕被人抢去似的。后来大队照顾娘去副业组做工,小艳没人带送到姥姥家。一有空娘就跑去逗小艳玩,每次离开小艳都缠着她不让走,哄了又哄,小艳还像一只小鸭一样在后面摇摇摆摆地撵。也有不撵的时候,一定是小艳跟别人家的小孩玩昏了头,娘喊她也不理会。娘很伤心,对小艳姥姥说:"小艳跟我没感情了……"说着说着泪就挡不住了。

后来小艳念书了。娘不放心,做着针线或是正在地里干着农活时,一想起小艳放下家什就往学校去。小艳正上着课,玻璃上便映出娘的脸和一双探询的目光,只一闪就没了。读完小学要到乡里读初中,娘舍不得她去,不让她再上了。二舅知道后跑来嚷娘:"你想耽误孩儿的前程是不是?你是真替她着想还是假替她着想?"娘像做了错事一样,不知道该说什么好。小艳懂娘的心,就偎住娘,小声说:"娘,俺不念书了。"娘却信了二舅的话,噙着泪给小艳拆洗了一床干净被子。

小艳星期天回来,娘捧着她的脸:念书念瘦了。娘去鸡窝里摸来带着鲜血丝的鸡蛋,给小艳做荷包蛋。一碗水卧两只鸡蛋,淋上小磨香油和土蜂蜜,小艳稀溜稀溜地吃,隔着热气腾腾的白雾,与娘一双殷殷切切的目光相碰。小艳甜甜地唤一声"娘",娘笑笑点点头,仍是那副放心不下的样子。小艳早懂事,读书格外用功,中招考试的时候,小艳被一家中师录取了。

娘高兴得演了两场电影,村里人见了面都说闺女考上了大学小艳娘熬得值当。娘回家学给小艳,小艳给娘纠正说不是大学是中师,娘不听,说:"啥师不师,你这个大学生别给娘咬文嚼字。"入学后小艳给家里写信,说了她怎么到学校,怎么买饭票,和同学睡上下铺,第一学期上什么课……家里的回信是二舅写的,小艳一看就知道不是娘的原话,二舅把娘说的话都写了。中秋节小艳打算回家看娘,却让几个同学硬拉着去郑州玩了。没想到二舅寻到学校,给她送来2斤月饼,告诉她:"八月十五你没回,你娘想你都想哭了。"听了二舅的话,小艳的眼睛潮润了。

第三个寒假回到家,小艳仍像以前一样和娘睡一个被窝。熄了灯,娘俩儿有说不完的话。小艳给娘讲外面的世界,讲完了让娘给她讲故事。娘说俺有啥故事好讲的。"讲小时候的故事呀……"小艳缠着娘给她讲小时候的童谣,娘讲着她也跟着讲,最后也闹不清谁是讲故事的谁是听故事的啦。小艳给娘说了实习的事和分配的事,娘的心一下子揪起来,问:"毕业了你往哪去?""当然往城里去啦,要不争取留校。"小艳说了自己的真实想法,娘却一声不吭背过身睡了。小艳听见一声轻轻的叹息。

第二天醒来,娘在烧火做饭,小艳猛一挨娘的半边枕头,竟全

湿了。小艳一下子明白了。吃过饭小艳跟着娘去西地锄草,故意拣一些学校的趣事讲给娘听,娘却不吭声,弓着身子只管锄草。小艳看见娘不小心锄倒了几堆麦苗,知道娘有心事。

这时不远处传来一阵雀唤,小艳和娘住了锄,见是几个小孩在放风筝。一只风筝在他们头顶上越飞越高,小孩们撒着欢地叫喊,跟着风筝疯跑。小艳和娘也仰头张望那只飘飞的风筝。

"飞得真高啊!"小艳望着风筝说。

"飞飞就飞不回来啦!"娘瞅着小艳说。

小艳一怔,想了想对娘说:"飞得再高,也有一根线系着她的心哩……"没说完小艳忽然禁不住惊喜地指着不远处放风筝的小男孩唤娘:"娘,你瞧!"娘望过去,那个小男孩正飞快地往线砣上缠线,风筝被一点点拽回来……娘瞅瞅小男孩手里的线砣,瞅瞅天上的风筝,又瞅瞅小艳,终于笑了。

第三辑

茄庄往事

百羊川

豫北乡下走一走，要不就是黄土丘，要不就是尖山洼，平原总是被村庄阻隔，辽阔不起来。黄土丘趟过，除了绕脚的灰土和地头几棵狗尾巴花，再没有什么吸引你的地方。"呸，亏你还是吃小米饭长大的！茄庄百羊川都不知道？长贡米的，皇帝，皇帝老儿吃的！"弓身如虾眼角挂着眼屎的老人很不满，把轻视豫北乡下的后生训得一溜跟头：

"大碾萝卜香菜葱，茄庄小米进北京！知道不知道？"

百羊川坐落在茄庄屁股后面的山坡上，别以为真能容得百只羊撒欢，豫北不好找策马扬鞭的场地，更别说在山上。百羊川才一亩几分地，居然平平坦坦，就像山水画上摁下一枚印章。这可是块好印章：茄庄的坡地靠天收，没有机井，山又是个旱山，一秋不下雨，坡上还真的收不了几把米。唯有百羊川旱涝保收，越旱小米还越香！老辈人迷信说百羊川是神田，其实是这块田占对了山脉，下面一定是一条水脉。因水质特别，加上土是黑红黑红的胶土，长出的谷穗又肥又实，碾出的小米喷香喷香，黏度好。明朝年间潞王落魄于此，一尝便不再忘，居然餐餐不离茄庄小米。并且年年上贡茄庄小米，又修了一座望京楼天天眺望，以表忠心。这不过是一段野史，无从考证，倒是当年从豫北走出去的那个农业部副部长，因为爱吃茄庄小米，要把百羊川的主人提拔成公社书记,却是千真万确。

这主人就是水伯。水伯的祖上就有过要被提拔的事,说是提一个县令,祖上没去,依然布衣老农,守了下来,就一直守到了水伯这一辈。水伯不稀罕什么公社书记,他只稀罕百羊川的秋天,风吹嫩绿,最后变成满坡金黄沙沙作响。农闲的水伯在屋前屋后堆积草粪,坑是上辈人挖好的,水伯只管把青草、树叶、秸秆一股脑填下去,再压上土浇上大粪,沤成肥壮肥壮的松软的草粪,一担一担挑上百羊川。要不就是去拾粪,跟在牲口后面,牲口一撅屁股,便抢宝一样撵上去。水伯从祖上接下这个活,一直干到了现在。茄庄的大人小孩都知道,百羊川的小米一直到今天还这么好吃,都是沾了草粪的光。

水伯家的小米每年秋后都有人开着小车来家里买,买的人多,米少,买主常常为此吵嘴。后来干脆提前下订金,再后来就比价,比来比去,一斤小米比别人家的竟高出几倍。水伯的儿子受人指点把"茄庄小米"注了册,进城开起了门市部,兼卖一些土特产。几年之后在城里置了房,又要接水伯去。水伯确实老了,锄头也不听使唤了,好几次把谷苗当成稗子锄起来。儿子要留下来照看百羊川,水伯不放心,进城前一再关照:"山后的草肥,多割点沤粪。这几年村里掀房的多,给人家拿盒烟说点好话,老屋土咱都要了,秋后翻地撒进去,'老屋的土,地里的虎',百羊川离不开这些!"千叮咛万嘱咐,水伯才步子蹒跚着离开了茄庄。

儿子却不老实在茄庄侍弄谷子,三天两头往城里来。水伯很不放心,问:"你来了,谁看百羊川?"儿子说雇了村里的光棍老面,老面很老实,叫给地上十车粪保证不会差一掀,老面又是种地的老把式,爹你还有啥不放心的?水伯信了儿子的话,不再为难

儿子。再说腿脚也真不中用了，下个楼都要人搀着。有时想回去看看百羊川，又一想自己的腿脚，也就罢了。

这一天楼下忽然响起一声吆喝："茄庄小米！谁要？"

水伯的心一阵痒痒，他知道又是一个冒充者。但他知道这冒充者一定是茄庄一带的，他很想去揭穿他，又不忍让他太难堪。家里没有其他人，水伯就强撑着下了楼，问卖小米的："哪的小米？"

"哪的？还用问？百羊川的！"

水伯笑了，说："别说瞎话了，我是百羊川的水伯！"几个正买小米的妇女一听，扔下装好的小米走了。卖小米的很恼火，瞪水伯："你百羊川的咋了？还不跟我的小米一个样，都是化肥喂出来的？"水伯还是笑着说："你可不能瞎说，百羊川的小米，没喂过一粒化肥，我还不知道？"卖小米的收拾好东西推着车往外走："哼，百羊川才一亩几分地能产多少小米，撑死不过一千多斤！你儿子一年卖十几万斤茄庄小米，莫非你百羊川能屙小米？把陈小米用碱搓搓，又上色又出味，哄死人不赔命。哼！"

想再问，卖小米的已走远，水伯愣在那里。

……水伯一人搭乘中巴回到茄庄，见人就问：我儿子真的在卖假小米？被问的人都摇头，说不清楚，问你儿子吧。水伯明白了，跟跟跄跄爬上百羊川。正是初冬，翻耕过的百羊川蒙了一层细霜，一小撮一小撮麦苗拱出来。麦垄上横着几只白色化肥包，阳光一照，泛出刺眼的光，直逼水伯。水伯嗓子里一阵发腥，哇地一口，把一片鲜红，喷向了初冬的百羊川。接着扑通一下倒了下去。这时除了一只山兔远远地窥视着水伯，初冬的山坡再无半个人影。

百羊川静极了。

滑县乞客

不安门的院子才算真正的庄户人家。没有拒绝和设防,乞客可以一步跨入,径直走到风门外站定,敲响手里的呱嗒板:

呱嗒嗒,呱嗒嗒,老大爷,寻个馍。给我黑馍我不要,给我白馍笑哈哈,笑!哈!哈!

成了,嘴这么甜,一天要半篮子馍没问题了。

也有较恶的乞客,不满施舍者的居高临下,生着法戏弄人家一下。人家给了东西,随便问一声哪来的?表面毕恭毕敬,心里却在冷笑,答:"滑县的大爷。"

这句话,断开是尊称,不断便是让你唤他大爷了。

滑县多盐碱地,粮食收成薄,水淹的时候又多,口粮总不够吃。立了冬,一拨一拨的乞客开过来,在新乡辉县一带挨门讨要。这一带民风淳朴,狗都不咬人,乞客连棍子也不用带,任何一家,都可以长驱直入。只是不要碰上比乞客还穷的人家。

真有,茄庄赵麦根便是一家。四个儿子,大驴二驴三驴四驴,一个个跟驴一样能吃:一锅馍蒸好了往外揭,揭完最后一个,一回头,揭出来的馍竟全没了;从菜园摘回一篮子黄瓜,准备拌饭吃,不到饭时候,驴们便咔嚓咔嚓消灭个精光,只好吃白饭。几个儿子吃得赵麦根两口子心惊肉跳。肚子都填不满,更别说穿了。四驴过冬没棉裤,就干脆钻被窝里不出门。穷归穷,赵麦根却是个

乐观人，对未来充满了幸福的憧憬：掀三间，盖五间，南屋房后贴黑板。翻盖房子不说，还要把合作社的黑板贴到自己房后。几个儿子一齐笑他：吹牛不脸红。

那一年过年没钱买炮，大小驴一齐噘嘴，扬言不放炮大年初一就不起来磕头！急坏了赵麦根，眼睛猛然一亮，庄严宣布：大年初一保证有炮放，万支鞭！大年三十风雪卷了一夜，一大早赵麦根就在院里喊几个儿子出来拾炮。大驴二驴三驴兴冲冲穿衣，四驴没棉裤急得在被窝里嗷嗷叫。院里噼里啪啦响起了炮声，隔一会儿还咚一声炸个大雷炮。几个儿子扑出来，却又全晾在了门口。地上连片炮纸都没有，赵麦根抡圆了牲口鞭子朝树上抽，嘴里噼里啪啦喊着，他媳妇在一边敲锅排。几个儿子被耍了，气得要把赵麦根的牲口鞭子剁成碎段。

他们决定去别人家拾炮。一出门，二驴就让绊倒了："这儿躺个人！"三驴也叫："还有一个！"原来是两个乞客，一老一少，母女二人，已经冻昏了。赵麦根从屋里跳出来，把母女二人往屋里抬。又往被窝塞，四驴对炮事耿耿于怀，不腾窝。赵麦根说你滚一边吧，拎起赤条条的四驴扔猴子一样扔到了地上。一家人都是菩萨心肠，装热水瓶，熬姜汤，拿出半瓶烧酒给母女俩搓身子，忙得一个个头上冒热气。

乞客醒来，为了报恩，当场让闺女翠玲认给了赵麦根。在赵麦根家住了一整月，临走，翠玲娘说："知道了你家的底细，有一句话我才敢说。"她要把翠玲许给大驴当媳妇。天上掉下个大锅盔！喜得赵麦根双手直颤抖。送走她们，赵麦根又开始吹牛："我说了吧，咱儿们谁也打不了光棍。敲敲'猪不灿'，大闺女来一院！是不是？"

大驴二十岁那年冬天,从地里出了萝卜,一家人正忙活腌萝卜。一个本家跑得上气不接下气,告诉他们:大驴媳妇来了,在马路口等接呢。一家人听了,半天回不过神来,大驴手中的菜刀当啷一声掉落在地。赵麦根醒悟过来,赶紧跑去给大驴借自行车。又转过头去买鞭炮。四驴嗖嗖地爬上树梢,把一挂鞭炮挂上去,又嗖嗖地滑下来,和一帮小孩准备闹洞房。这一年,花骨朵似的翠玲做了大驴的媳妇。

大驴娶了翠玲,就像老母鸡下蛋放了引蛋,二驴三驴也都娶上了媳妇。赵麦根两口从心底感激翠玲母女,逢人就夸:滑县客,说个绿豆就是绿豆!

刨　树

初冬的一天,男人吃了饭去邻居家打麻将。男人今天手气真臭,一个劲儿点炮,兜里的十块钱没几圈就输光了。欠人家,人家不让,男人急得脸红脖粗,说:"我还会耍赖?"人家就揭他的老底:"谁不知道你家里媳妇当家,去她手里掏钱比解大闺女腰带都费劲儿,她要不给你钱你拿啥还我们?"男人很觉脸上无光,只好腾了位子。在麻将场待了一会儿再没人搭理他,觉得无趣就起身回家。小北风刀子一样刮着,卷起一股股雪面堆到墙根处。一到街上男人就把脖子缩进了袄领里,真冷呀!

到了家门口,却见两个汉子蹲在他家门口墙角避风,两辆破

自行车像两个醉汉一样歪在一边,每辆车上都绑了一张铁铲子。"刨树的?"男人问他们,他们点点头,身子缩得更小了一些。男人又问:"没找到活儿?"一个汉子答:"这鬼天气,喊了半天,除了一嘴雪,连个鸟也没有。"男人瞧他俩冻得脸色乌青,清水鼻涕挂在鼻尖儿下,就有些不忍,对他俩说:"去家里暖和暖和?"两个汉子捂着快要冻僵的手,连说遇上好心人了。

进屋的时候,男人瞅了一眼南墙根那棵榆树,男人有了一个想法。可是进了屋,却又不敢跟媳妇说。给两个汉子倒了白开水,拔开煤球炉让两人烤火。汉子掏出烟,男人也拿出烟,推让一番,只好交换吸了。过了一个时辰,风停住了,只有零星小雪飘着,两个汉子站起身。"得去寻活儿了。"一个汉子说,另一个汉子接话:"这鬼天气,寻也是白寻。"这时男人又隔着窗子瞅了一眼那棵榆树,望一眼媳妇,等两个汉子快出门了才鼓起勇气对媳妇说:"要不,把咱那棵榆树刨了?"男人说罢看着媳妇,有些不安。

媳妇正在专心致志地剪一只花喜鹊,喜鹊眼总是剪不好,急得她头上快冒汗了。听了男人的问话,她连头也没抬,只"啊"了一声。男人犹豫着,不知这一声"啊"是同意了还是没听清,就又问了一遍。这次女人回答清楚了:"刨吧。"却又问,"不是还不够一根檩条?"男人不吭声,望了媳妇好一阵,才开了口:"刨吧,这雪天他俩人……"媳妇没再说啥。

两个汉子一听说有活干,浑身是劲儿,也不觉得冷了。他俩对男人说:"刨树还是老规矩,不收钱,树皮归俺,不过晌午得管一顿饭。"又补充说:"好孬饭都中,只要叫吃饱,俺的饭量大。"男人知道他们把树皮铲去是做香的,过春节烧的香都是榆树皮做的。刨树时逢上树大了高了,他们除了铲树皮还会收一点钱。男人点点头。一个汉子来到榆树下,往掌心吐了两口唾沫,双手抓着树干"嗖嗖嗖"地就上去了。男人心里一惊,这身手要去偷东西,厉害着呢。这时汉子从腰后抽出斧头,开始卸树杈。

媳妇也开始做饭。男人凑过来,问:"啥饭?""大米。"

"啥菜?""白菜,还有一疙瘩豆腐。"男人迟疑了一下,怯怯地问:"不割点肉?"

女人瞪他一眼:"才吃过两天,割啥肉?"

男人不吭了,出去瞧了一会儿刨树的汉子,进屋又对媳妇说一遍:"割点肉吧?"媳妇忽然明白了,笑了一下,说想割你去割吧。男人却磨蹭着不走,女人问:"你咋不去?"男人说没钱,女人说早上不是给了你十块钱?男人脸红了,说输了。女人心疼钱想发作,却见刨树的汉子正站在院当中,就忍住了。从兜里摸出一张票子递给男人,白了男人一眼。男人前脚跨出门槛,后脚留在屋里,他转过身问:"割几斤?"女人说:"想割几斤割几斤,还用问我?"声音很大,仿佛说给院子里的汉子听。媳妇就是这样,平时在家霸道得很,一个人说了算,可一有外人,却处处让着男人,很给男人脸面,让男人没法不死心塌地听她的。

这棵榆树对两个汉子来说是小菜一碟,很快就放翻了,开始铲树皮。

吃饭时,汉子见碗里稠稠的肉片,确实意外了一下。俩人吃过饭,把树皮捆扎好,绑到车梁上,一个汉子说:"大哥大嫂真是好心人,还专门割了肉,当客待俺呢。"媳妇又往男人脸上贴金:"都是你大哥的主意。"推了车要走,男人发现一个汉子没戴手套,这寒冬腊月的!就拿眼瞅媳妇,媳妇明白了,跑屋里拿出一双手套递给那个汉子:"把你大哥的手套戴上,要不手会冻烂的。"汉子接了,也不会说啥客气话,跨上车却瓮声瓮气丢下一句话:"过两天俺来给你家拗一对小椅子。"

过了几天,两个汉子果真来了。在院子里点下一堆火,拣从榆树上卸下来的几根大树杈放上熏,熏软了开始拗。他们还带了钉子和扒角,拗过了又钉一阵,一对崭新的小椅子放在了男人和媳妇面前。小椅子模样很乖,像两个穿了新衣裳准备过年的娃娃一样。

卖 牛

五更里,小顺起来去西屋给牛添料。一出门,感到有什么东西湿湿地落在脸上,伸手一接,是雪!小顺心里一阵欣喜:明儿不用去集上了。再回屋,小顺心里卸了一块石头一样打起了呼噜,还做了一个梦,大雪把门都封住了。

天亮后,娘叫小顺起床,小顺翻一个身,说:"下雪了,去不成了。"娘说:"你个小懒虫,睁眼瞧瞧,哪有半点儿雪?"小顺一骨碌爬起来,来到院子,昨夜那雪,才湿了湿地皮。喝过粥,娘催小顺上集,小顺磨蹭着不想去。娘眼里噙了泪,说:"你爹去得早,娘没本事,让你跟着受罪。再不给你娶个媳妇,娘哪有脸去见你爹?"小顺不敢惹娘生气,赶紧牵了牛往外走。

往日里,小顺家的牛很听话,叫往东,不往西,今儿却一个劲扯缰绳，不想出门。到了路上，小顺一回头，吃了一惊：牛竟在流着泪跟他走。小顺也扑簌簌地掉下泪来。泪眼蒙眬中，小顺仿佛又看见娘一手提肉一手提米往媒人家跑的情景。媒人在邻乡给小顺说了一闺女，谁知没见面人家就要3000元彩礼，闺女她爹说："这钱我家一分不花，到时候全陪送给闺女。"又说，"要是3000元都拿不出来，我闺女不是跳进穷坑了？"原来人家是想探探小顺的家底哩。小顺娘凑了又凑，钱还是不够，最后盯上了这头牛。

到了集上，小顺把牛牵到牲口市。一股刺鼻的牲口尿味扑面而来，一个戴红袖箍的市场管理员手握一沓票据站在小顺面前，要收小顺两块钱管理费。小顺兜里没装钱，说卖了牛再缴。市场管理员不依，说你一会儿跑了咋办？正说着，一个老汉凑过来相牛，那理直气壮的样子一看就是个买主。市场管理员见有希望，也就不吭了。

老汉摸摸又软又顺金黄的牛毛，又掰开牛嘴看了看牙口，再退后几步端详了足足十几分钟。最后一拍大腿，说要和小顺谈价钱。经纪人闻讯赶到，问老汉："相看呢，还是真买？"老汉一拍鼓囊囊的衣兜，气很壮："哪个闲了愿闻这牲口尿味！"于是经纪人先拉了老汉的手，伸进自己的大布衫下"咬牙印"，随后又拉了小顺的手。几番下来，价格就谈妥了。经纪人抽了几个交易费。

老汉牵着牛快出牲口市了，小顺忽然想起什么撵了上来。老汉问他："想不算数？"小顺摇摇头，告诉老汉他的牛一个月前得过烂蹄病，他用草木灰和硫黄治好了。老汉愣在那里。小顺又说："你要嫌亏，我退些钱给你。你要不买，也中。"老汉听了，就把缰绳交给小顺，小顺又把钱退给了老汉。还差几个不够，刚才

给经纪人了。小顺说我今儿没装钱，先给你打个欠条，改日给你送过去。说罢跑到一边找了纸和笔，给老汉打了一个欠条。又问老汉家住哪里，姓啥叫啥，一一记下。最后关照老汉："放心吧，我一定送去。"老汉点点头，说我信你。

没卖成牛，小顺反倒比卖了牛还高兴。回到家，娘的脸却愁得像要下雨了。娘说："我再去亲戚家借借。"小顺心里很不好受，不过他还惦记着老汉的事。隔了一天，正好一个本家哥去老汉村里办事，小顺就让他把钱给老汉捎去了。

又隔了一天，媒人跑来了，一进门就拽住小顺娘的手："大婶呀，你行了哪辈子好？女家不要彩礼了！人家闺女她爹还说和小顺打过交道，这样的女婿，倒贴钱也得把闺女嫁过来！"小顺娘不相信，一个劲掐自己的手背，说："不是做梦吧？"媒人转身对小顺说："快给你娘说说那经过！"

一旁愣着的小顺忽然明白是怎么回事了。

群众文化

初中同学文玉来宣传部找我，一见面就拽住我的手说："小辉呀，我真发愁死了！"见他双眉紧锁，一脸愁容，我猜他八成是喷了假农药庄稼要绝收，要不就是媳妇让人拐跑了。一问，却是另一回事。"咱村的群众文化搞不出成绩，年底写总结，我没啥写呀！"我这才想起文玉也是一个村干部，村十字路口黑板上写有他的职务:支委,分管群众文化。他今天是为这事来找我讨主意的,他说:"你在县委搞宣传,我在下边抓群众文化,都是精神文明建设一根线上的,你有经验,可得指导指导我!"文玉话刚落,我的同事石小芳就憋不住笑出了声。

我给他泡了一杯茶,劝他别着急。我问:"你是真想弄出成绩还是为应付一个总结?要是一个总结,我给你写几页就能对付过去。"文玉回答说想弄出点真东西,还讲了实情:村委会主任年龄大了,想让他接班,现在群众眼睛雪亮,没点儿真本事,谁服你?我说:"那你就把村里的基本情况说说,兴许我能给你提点建议。"文玉一听挺来劲儿,说:"那我就汇报汇报咱村的群众文化工作。"瞧他一脸认真样,几个同事都很感兴趣,都围过来听他讲。文玉又紧张了,说话还有点磕巴:"咱村总人口2045人,党团员218人,文艺队伍不下150人。有八叔领的舞龙队,就是那龙架破得露骨了,龙的眼珠也丢了,过年过节就用学校的篮球代替;有三婶领的秧歌队,一堆老头老太,初一十五都去小庙烧香,烧完香念完经就正式训练,一个比一个有劲儿;有小翠的舞蹈队,全是大闺女,平时在城里打工,过年回家就是一支现成的舞蹈队;还有会唱豫剧的关大炮和会写文章的白剑平,也算文艺骨干,那年你三叔家丢猪让人送回来就是白剑平写的表扬稿,县广播站播了……"

我打断他:"照你这么说,过年过节一组织,不是一场很热闹的演出吗?再让白剑平编几句反映当代农村生活的顺口溜,说不定能和赵本山的小品比赛呢!"文玉连连摇头,说:"你不知道,咱人才不缺,关键是缺钱呀!龙身要扎新的,秧歌队的老头老太要求戴墨镜,舞蹈队不得一套乐器?都跟钱有关呢。"我说:"我们宣传部也是清水衙门,这可帮不上你的忙。"文玉这次来本指望我能给他找个单位赞助赞助,一听泄了气:"一分钱难倒英雄汉啊!"我和几个同事都被他的精神感染,中午就拿科里卖废报纸的钱请他吃了一顿新疆大盘鸡。

文玉回去后没几天又来找我,一进门满脸笑:"办法有了!办法有了!"

原来是村里的个体户福堂愿意赞助几千块钱,条件是由文玉出面请宣传部几个秀才为他新建的大酒店起个好名,宣传宣传。我说这没问题,就带几个笔杆子回了一趟老家,给福堂建的那个集桑拿、美容、饮食于一体的大酒店起了一个很醉人的名字:风飘飘歌舞娱乐大世界。福堂高兴得拢不住嘴,招待了一桌,还一人送了我们一条太空被。

谁知没过几天文玉又来了一趟宣传部,要我们把太空被退回去。文玉说福堂那货干的是见不得人的事。我们问:"怎么了?"文玉告诉我们:"他的大酒店招了几个女的,陪客人喝酒不说,还给男人搓背,一次100元钱,村里老少都戳他脊梁骨哩。他赞助那钱我也不要了,脏!我去抠他的牌,他说不能白搭进几条太空被。我来找你们讨太空被,回去就把他的招牌抠下来。"石小芳惊呼:"我的已经用了!"文玉说:"我替你买个新的退给他。"我的几个同事都很感动,说:"哪能让你买,我们买。"

太空被凑齐,文玉要走,大家不让,坚决留他吃饭。一个同事说:"还吃大盘鸡,再弄点酒喝喝。"

羊肉烩面

在豫北,烩面馆比比皆是,很多人家都能自做自吃。可在20世纪80年代,一个乡下人吃一顿羊肉烩面,却是一件奢侈的事。

那一年,张林在新乡读中专。

秋后爹从老家寄信来,说今年柿子丰收了,家里卖八分钱一斤,问张林新乡的价钱贵不贵。张林一打听,暖好的柿子摆摊可卖到两毛五,便赶紧回信告诉了爹。

过了一个星期,张林正和同学们做课间操,有人喊他说校门口有人找。张林跑去一看,爹笑眯眯地站在那里,还是那件对襟布衫,脚上穿着姐纳的千层底布鞋,肩上搭一条毛巾。张林欢喜地跑过去,问:"爹,你咋来的?"

"走来的。"爹朝旁边一指,"我来卖柿子。"

满满一车柿子,红嘟嘟的真好看。车子是老家那种独轮小车,两个车把中间系一根宽布带,搭在肩上省力气。老家到新乡一百五十多里路,张林瞅瞅爹,又瞅瞅满满一车柿子。问爹:"走了几天?""夜儿个鸡叫头遍打家里出来,山路不好走,天擦黑才到县里;今儿个天不明从县里上路,一直走到这会儿。"

张林心里一阵发烫,忙对爹说:"先去宿舍歇歇脚吧!"说罢来到小车旁,扎下马步,把布带朝肩上一搭,两手抓住车把,腿一挺就站了起来。爹在一旁连连摆手,说:"使不得,使不得,你这

会儿是中专生了,同学瞧见了会笑话你。""你推他们才笑话我呢!"张林推车就走。

张林一直把车推到宿舍楼跟前,果然招来好多吃惊的目光。

中午和爹去餐厅吃饭。爹一身太行老农的装束挺扎眼,又有不少目光投来。有一个同学低声问张林:"家里来的老乡?"张林往爹身边靠了靠,声粗气壮地回答:"这是俺爹!"这一声,叫得爹心里热乎乎的。

爹住在学校,白天出去卖柿子,中午饭在外面吃。晚上,张林给爹打来洗脚水,问爹:"你在街上吃的啥饭?"

"羊肉烩面。"

爹说罢擦擦嘴,一副味道好极的样子。张林笑了笑,心说:味道再好,也不能从中午留到晚上,爹真是没吃过啥好东西。

过一天再问,仍说吃的羊肉烩面。

瞧爹那高兴的样子,显然是很爱吃。

爹卖完柿子要走,给张林留下一叠毛票,叫张林买书看:"你打小就爱看书,咱家难,买不起。你为了借人家书看,放学去给人家割猪草,礼拜天给人家出猪圈粪,爹听说,心里不知多难受。"说着眼圈红了,"你将来挣了钱,家里一分钱也不要,都留着买书……"

就在这年冬天,爹的肺病犯了,跑过几家医院,说是肺癌,用了不少药,却越来越坏,眼看不行了。张林守护在床前,瞧爹眼中分明有什么话要说,问爹,爹生满皱纹的脸生硬地笑了一下,竟显得有些不好意思:"前时……爹去新乡卖柿,头回见羊肉烩面,嘴里都快流口水了。老想吃一碗,就不得那几毛钱,天天闻着那香味啃你娘给烙的饼……嘿嘿,快入黄土的人,咋就这么贱,又想起那香味了……"张林紧握住爹的手,泪水吧嗒吧嗒砸在床沿上。

夜里,爹去世了。一想起爹生前竟没能吃上一碗肉烩面,张林心里就潮潮的,不是个滋味。

小兵摆大炮

闺女今年上完大学,却高低找不到工作,就在家一个劲怄文玉,说文玉没成色,子女也跟着受洋罪。文玉没法,决定去县里找小狗帮忙。先问几个邻居:"会不会中?"邻家都说:"中,你俩小时候好得恨不得穿一条裤。"文玉又问:"可人家现在是县长,我是个撸锄桨的平头百姓。"邻居们不以为然:"县长咋啦?秤还有个高低,人能没个远近?"这一鼓动,文玉来了精神,说:"可不是,小时候斗小兵摆大炮,我还让过他两个子呢……"然后就劲道道地去了。

到了县政府,门岗把文玉当成上访的老农不让进。文玉如此这般一说,门岗又挂电话核实了一下,就放了行,还给他指路:"往右拐,二楼,都是副县长办公室,第二个门是朱县长。"

小狗在小床一般大的办公桌后面坐着,大背头,西装领带。文玉一看,心说真像个大官,自己不由矮了半截。小狗却上来拽住他的手,亲热得不得了,文玉越发紧张了。小狗把他让进沙发,递上一支烟,文玉赶紧摆手,说:"不会!"小狗又倒了一杯茶,文玉还是摆手:"不会!"小狗一下笑了,说文玉:"见了我这个芝麻

官你就紧张得不会喝茶了,要是见了市长省长,你怕是吃饭都不会了?你紧张个啥,当官不当官,我还能不是和你斗'小兵摆大炮'的那个小狗?"一提"小兵摆大炮",文玉放松了不少。这时小狗回忆说:"那时你个儿大,老欺我,不让我用小兵。"文玉说:"用小兵准赢"。小狗又说:"咱们没少干架,打得鼻青脸肿各奔东西,我老是发誓再不跟你耍了,可第二天咱俩又黏到一块了。"文玉心说:"今儿就是冲咱俩小时候那点黏糊劲才来找你的——"于是就把来意说了。小狗听了一口应下,说你的闺女就是我的闺女,让文玉好感激。

一说二说,就到了中午。小狗说要和文玉喝两口,文玉赶紧摆手:"你忙你的事,别管我。"小狗笑:"那哪行?走,我请客——"拉起文玉就走。到了大院,见了人小狗就介绍文玉:"这是我小时候的哥们——"大家都冲文玉伸出手,文玉心里一热一热的。司机送他们到小狗家胡同口,往里还有一段路,小狗却让司机回去了。

胡同口一堆人围着一个棋摊,见小狗过来都打招呼,小狗和他们亲热地搂肩拍臀,还一支一支让烟。见是"红塔山"就夺了去,说县长的烟是公烟,不吸白不吸。小狗也凑了过去看下棋,跟着喊"将、将"。再后来就拉着文玉回家了。文玉责备小狗:你和他们太随便,不像个县长……小狗反问:"县长该是个啥样?"文玉答不上来,嗫嚅道:"反正不是这个样。"

中午吃的捞面条,四碟小菜一瓶白酒。收了碗,小狗非要和文玉斗一盘,用粉笔在地板上竖九下横九下划出一副"棋盘",找来一堆黑豆当"小子",然后捏着俩核桃当大炮,问文玉:"你要大炮还是要小子?"俩人席地而战。

文玉的紧张劲早没了,心说小狗还是小时候的小狗。他本来给小狗带了一个红包,却不敢露了。临分手,文玉又提闺女的事,小狗说你回去等信吧,我联系好了单位就通知你。

一回村,文玉逢人就夸小狗:"当了大官,一点架都没有。这官还得往上升哩。"还说了小狗在胡同口看下棋和自己斗小兵摆大炮的事,村人都啧啧:"小狗是个好官。"

等了两星期,不见信,家人就催文玉再去找小狗问问。到县城已经晌午了,文玉直奔小狗家。在胡同口又看见小狗在观棋,文玉心想:小狗不光爱斗小兵摆大炮,还是个棋迷呢。这回办成了事,文玉心里美滋滋的。却又挂念起一件事,不知该咋感激小狗。

后来还真逮住一个机会,那天小狗回家给母亲上坟,文玉宰了一只羔羊焖了一地锅小米,准备好好待待小狗。小狗一到村口就下了车,见人都打招呼递烟。到村口时见一堆人在下棋,拉住小狗非让他将两盘。小狗连说不会,递了烟往文玉家去。村人恼了,冲他的背影骂:"能天天看城里人下棋就不和咱下,还是看不起咱,呸!"

传到文玉耳朵,文玉也不解,就问小狗。小狗说:"我真不会下棋呀,这还能诳你?""那你为啥回回在胡同口看别人下棋?"文玉问了半句突然停了,对小狗说:"明白了,我明白了。"

买手机

　　村里要进行农网改造,拆旧线换新线,家家户户还要装触电保护器。这是乡里的电工说的,支书文玉听后不由眼睛一亮,问乡里的电工:"触电保护器去哪儿买?""愿去哪儿买去哪儿买,不过必须有合格证。"文玉眼睛又是一亮,晚上悄悄地把村主任小星召到家里,把自己的想法说了。

　　小星听了一拍大腿,说:"早该弄个。每回去乡里开会,人家那些有手机和传呼的支书村主任,一进会场就扣耳朵上喂喂个不停,多神气。咱村穷死了,屁也没有,老被人看不起。"一说到这,文玉想起一件事:"那次乡里开会,散了会人家腰粗的都悄悄拉了副乡长们下馆子了,剩咱几个穷村的干部在乡食堂吃大锅饭,你说脸红不脸红?"小星叹一口气:"咱腰里要别着手机,他敢门缝里瞧人——把咱看扁了?"

　　几天后,小星就在广播里宣布了一项规定:触电保护器一律用红星牌,由村里统一购买,买别的牌子或去别处买,电工不给接线。这条规定一宣布,就有人来村委会问:"为啥非要买红星牌,听说上海产的人武牌便宜十几块钱!"小星说你们问乡里的电工去吧。乡里的电工正忙着拆线,不耐烦地告诉他们:"别的牌子质量不敢保证,要是小孩老人不小心碰了电,只有红星牌能保证一秒钟断电,安全得很。"大家信了电工的话,都买了红星牌。文玉和小星偷偷地乐,电工的话是他俩头天串通好的。

小星跑县里联系了一批触电保护器,最后人家给了三千多块钱回扣。小星和文玉喜滋滋地跑电信局买了一只手机,还余点钱,又给小星买了一只传呼机。两人约定:在村里千万不能露。

文玉天天充足了电,把手机藏在内衣兜里,只有回到家,才敢掏出来欣赏一番。他也不敢把号码说出去,所以手机从没响过。这天正在街上和人说话,手机忽然响了,文玉吓了一跳,赶紧往厕所跑,还假装捂着肚子。到厕所打开手机,竟是小星的声音。原来这家伙的传呼机也是天天闷着,心里痒得慌,又不敢在村里打电话,就跑县里给文玉打了一次手机,还叫文玉给他打个传呼试试。文玉说你吓死我了,就给小星打了一个传呼。刚从厕所出来,手机又响了,吓得他又钻进厕所。还是小星,问他什么事,小星答:"我在县城一个电话亭,传呼响了,人家看我,要不回,人家还以为我带个假的哄人呢。"文玉训他:"你烧包个啥?弄得我心里怪慌的。"

从厕所出来,文玉心里七上八下,对刚才跟他说话的村民说:"我闹肚子了,得去弄点药吃吃。"说罢转身就往家走,那个村民喊:"支书!医院在这边,你走反了。"文玉一愣,赶紧编了个谎:"我家有药,回家吃。"说罢文玉脸就红了,像做了亏心事一样也不敢跟人说话。匆匆回到家,一进门就把手机锁进了箱底。

农网改造结束了,却有两户因交不起电线和触电保护器钱没接上电。一户是特困户老姬,一户是张寡妇。小星来找文玉,有些蔫蔫的,说:"张寡妇的小孩夜里做作业都得去别人家——"说到这停了,拿眼瞅文玉,瞅得文玉低下头。半天,文玉才抬起头,说:"我当支书,是大伙相信我,你这个村主任也是大伙投票选出

来的……"

小星接上话:"咱以前可没做过一件对不起大伙的事,这次……咱把那东西退了吧?要不,心里面踏实不下来。"

文玉点点头,说:"我也是。"

两人去电信局,人家说没有这理,但是可以帮助他们贱卖,结果只卖了一半价钱。还差那一半钱,回去文玉把一头猪卖了,小星把存的玉米卖了。凑够那个数,两人挨家挨户去退触电保护器多出的差价,村民问是啥钱,两人支支吾吾,脸热得像被人打了两巴掌。办完这件事,文玉说:"咱这是犯了大错误,没脸再干了。"两人就写了辞职报告,一起去乡里。

谁知村里一拨人先他俩到了乡政府,拦住他俩,说:"犯了错误可以改,我们原谅你俩了。"文玉和小星更是羞愧难当,执意要去辞职。村民们不让,见劝不住他俩,一个村民就威胁说:"你俩要真不干,大年初一往你俩院门上泼茅粪!"又一个跟着威胁:"往你俩家送花圈!"

两人互相瞅瞅,叹一口气,只得脸红脖子粗地回去了。

1998,猪肉掉价了

1998年春节刚过,文星就去县城找初中同学化勇。一见面紧紧攥住化勇的手说:"完了,完了。"化勇吓了一跳,问他发生了啥事?文星哭着脸说:"猪肉又掉价了!"原来文星去年养了百把头小猪,到年底该出栏了,猪肉却掉了价,卖出几十头,一算账几千块钱赔进去了。剩下的挨到年后出栏,满指望正月十五前卖个好价钱,谁知毛猪价格跌了再跌,一斤比年头又少了几毛。这次可就不是赔几千块了。文星来找化勇,想让化勇在城里联系几个单位发一批福利肉,价格高些,挽回一些损失。化勇摇摇头,说:"我哪有这个本事?再说,各单位年前发的肉还没吃完呢!"文星很失望地走了。

过几天又来找化勇,文星的样子像是一下子老了许多。化勇知道文星肯定还是为那事,问他,文星只是叹气:"唉,这下要倾家荡产了。"文星把猪卖了,赔了三万多。猪圈只剩下八九头母猪,有一头快分娩了却害病死了,剥开肚,整整十二只小猪娃呀!"心疼死了,真是人倒霉了,称二斤盐都生蛆。"文星说,"我这次是来躲账的,建猪场在乡基金会贷了一万借私人两万,都来要账,没法在家待了……"化勇一听,也替文星发愁,给文星倒一杯水,让他坐下来好好想想有啥法没有。文星不坐,靠着沙发蹲下来,水也不喝,眉头拧成一个多沟多壑的"川"字,愁得几乎要拧出水来了。化勇心里特别不是滋味,俩人谁也不说话。后来化勇忽然一拍大腿说:"不用愁了。"文星望着他:"你有啥法?"

化勇反问文星:"你忘了没有?上初中的时候咱们练长跑,跑到一半就没劲了,上气不接下气,失了到终点的信心。体育老师说这是长跑的盲点,咬咬牙挺过去就没事了。后来咱们做了,真是那样。你现在也是遇到了盲点,挺过去,肯定能成功。"文星点点头,又摇摇头。化勇继续鼓励他:"猪肉掉价了,粮食没有掉价,猪肉价格肯定还会回升。你这几头猪就是星星之火,下了猪娃,一个也不要卖,到时候肉肯定涨价。搞养殖都是这样,有时赚有时赔,等赚钱的时候再动手就迟了……"文星叹一口气,说:"是这个理,可是我哪有钱买饲料喂猪呀?"化勇没再说什么,却拿出了家里的存折,一万五千块,一分不剩全取出来给了文星。文星感激得说不出话来,化勇笑笑:"谁让咱俩打小就对脾气呢。"

文星恢复了元气,不但挺过了难关,后来还发了,成了很有名气的养猪大户。那天他去还化勇钱,化勇一数说不对呀,借给你是一万五,现在咋还我二万五。文星笑笑,说还有利息呢。化勇不高兴了,把那多出的一万块抽出来还给文星,说:"自己人说啥利息?太刻薄了。"文星非要留下那钱,化勇坚持不要,文星急了,说你不要我拿火机烧个球。化勇也急了,说你烧个球我也不要。文星没办法,只得收兵。化勇送他去车站,他盯着化勇那辆小木兰摩托车,非要借骑几天,化勇答应了。

谁知第二天文星竟给化勇骑来一辆崭新的踏板摩托,说:"你嫂子不会骑大摩托,相中你的小木兰了。"要跟化勇换车。小木兰才值两千多,大摩托咋也得一万多,化勇知道文星捣的什么鬼,所以坚持不换。文星也知道化勇的脾气,只好让了步,说:"这车咱是换定了,你要还不答应我这回真砸了它。不过不让你沾光,两车价格相差一万块,你给我打个借条,日后慢慢还我。"文星缠了半天,化勇只好给文星打了个借条,心说过几天就还你,然后送文星到车站。

汽车开动了,文星探出头冲化勇挥手中的一张纸条,把它撕成了碎片,然后像赢了别人一场棋那样得意地坐回座位。化勇一见轰地一声发动摩托追过去,冲文星喊:"你下来我再给你打一张!"

磨剪子戗菜刀

十二三岁的时候,清林在乡下念书,住在舅妈家。那时候日子紧巴巴的,白米白面舍不得吃,来个客什么的才做一顿。舅妈家偶尔也开个小灶,却根本没有清林的分儿。吃糊涂面条的时候,小表哥却能有碗放了鸡蛋的捞面,吸溜吸溜吃得喷香,清林在一边不停地咽口水。也摊小鏊馍,好多次清林回家,只见小铁鏊冒热气,馍却被藏了起来。那一年,县里最大的庙会——马桥大会又到了,恰逢第二天是星期天,班上不少同学商量明天去马桥赶会,摸一串螃蟹,瞧一场"空中飞人",再吃一碗马桥凉粉。清林在心里算了算,全部活动只用一块钱就行了。回到家他鼓足了勇气向舅妈要钱,舅妈却一黑脸说没有。

第二天,小表哥和一群伙伴欢天喜地去了,清林噙着眼泪挎了一只篮去打猪草。来到空旷的田野,清林再也忍不住了,蹲在麦子中间伤心地哭起来,哭他住了牛棚的爸爸,又哭他狠心离去的妈妈。

不知过了多长时间,清林身后来了一个人,肩上背着一只长条板凳,板凳上绑着磨石和铁夹。他轻轻拍了拍清林的头,清林吓了一跳,回头一看,才认出是磨剪子戗菜刀的老黄。老黄是滑县人,每天走乡串户,总是人未到吆喝声先到:"磨剪子嘞——戗菜刀——"老黄爱逗小孩玩,没大没小的脾气,小孩们常常趁他

正做活时用土坷垃砸他,用木棍捅他屁股,老黄也不恼,逮住谁就把谁手脚捆在一起,名曰"老头看瓜"。一次老黄在麦场睡觉,被清林他们几个捆了个"老头看瓜"。现在清林见了老黄,以为老黄要跟他算账,起身就跑,老黄却一下子逮住了他。老黄说:"不追究那事了,不过有个条件,你要告诉我你为啥哭鼻子。"

一提今天的事,清林的眼泪又出来了,他一下扑在老黄怀里"呜呜"地哭个不停。老黄弄清了今天的事,鼻子竟也酸酸的。他摸着清林的头发说:"甭哭,甭哭。活人能让尿憋死?她不给,我给。"说着摸出一块钱给清林,清林不接,老黄黑了脸,说你不接我就捆你个"老头看瓜"。他硬把钱塞给清林,让清林快点去马桥,说还赶得上瞧杂技团的"大变活人"。见清林接了钱,老黄挑起板凳沿着麦陇走了。正是麦子扬花时节,清林站在麦子中间,闻到阵阵清香。他紧攥着那一块钱,望着远去的老黄,在心里说:我一定还你。

一晃二十年过去了,清林返城后念念不忘老黄的一块钱。一天,楼下传来久违的亲切的吆喝声,"磨剪子嘞——戗菜刀——"他从楼上跑下来,见一老者正坐在长条板凳上磨剪子。清林越打量越觉得他像老黄。一问,果真是滑县人。清林不敢冒认,就问老者:"认识不认识老黄?"老者答:"一个村的,咋不认识?"清林一听很高兴,问老黄近况,老者告诉他:"老了,走不动了,在家闲着。"清林很激动,跑上楼拿来五百块钱,讲了那一块钱的事,非让老者捎给老黄。老者不肯接钱,说:"在外寻生计,谁不被人帮,谁不帮别人?"老者做完活,收了工具,对清林说:"带回去,老黄也不会要。"说罢,悠悠地去了。

望着老者的背影,清林又想起那个麦子扬花的时节,"磨剪子嘞——戗菜刀——"这时,老者一声吆喝,清林的眼眶霎时湿润了。

洗澡记

村主任小星是文玉一手提拔上来的,为了感激支书的栽培,村里的事儿小星总是抢着干。劲用大了,有些事就做过了,就跟短跑比赛一样,狠劲冲,结果把裁判也撞翻了。小星就是这样,乡里来了领导,文玉还没吭声,他却先打了招呼握住手不松;村里有个红白喜事请干部,他俩都是贵客,小星嗓门贼大,指三挥四,文玉没了说话的分儿。文玉的眉头不由就皱成了疙瘩,心里也沟沟壑壑地不平起来。

秋里庄稼被砍倒后,来了一支"秸秆禁烧工作队",一行五人全从县教育局抽调。送他们来的是一辆"依维柯"轿车,像只大犀牛一样威风凛凛地停在村委会门口。村干部从里面迎出来,小星不知不觉又走到了文玉的前头,和工作队队长吕科长握手问好。其他队员把他当成了支书,一一与之见面,却晾了一边的文玉。文玉在心里狠狠冷笑了几声。

午饭安排在村会计家,整了几个家常小菜,酒是当地生产的"百泉春"。会计告诉工作组酒是文玉自己掏钱买的,菜是他家自留地长的,今天用家宴欢迎大家。刚端起杯,文玉就对小星说:"俩主要领导不能都在这儿喝酒,你喝了这一盅赶紧去南地看

看,要是哪家趁饭时候把秸秆烧了,咱可全完蛋了!"小星本想跟吕科长他们猜几个拳,他还会喝"楼上楼",这下子全用不上了。小星只好将酒喝下,又往嘴里填一筷子猪头肉,匆匆地去了。文玉心里说:不怕你能,就怕不给你这个机会!

谁知才一屁会儿,小星竟又回来了。一进门就向文玉汇报:"我巡逻了一圈,没啥问题,为了保险起见,我又让支委们组成临时巡逻队,重点在南地……我赶紧回来,说啥也得给吕科长敬个酒!"文玉一听,气不打一处来,却又不好发作。刚喝了两盅,文玉忽然一拍脑袋,猛然想起什么似的,说:"我差点忘了,下午乡里有个综合治理会,两点开始,你赶紧去吧!"小星的"楼上楼"又没表演成,肚子还是空空的,他不情愿地站起身,朝那盘牛肉狠狠地盯了两眼,去了。

等小星从乡里回来时,酒事已经结束。小星说:"支书,会不是今天开的……"文玉很夸张地拍拍脑门,说自己糊涂了:"嘿,明天的我咋记成今天的了?"心里却乐开了花儿。下午开会布置禁烧工作,文玉总觉得小星碍眼,一个念头砰地冒出来。

晚上他悄悄把村里的大户福堂约到家里。福堂当年和小星竞争过村主任,落选了却一直不死心。文玉开门见山问他还想不想当村主任,福堂回答:"谁不想谁是这个——"用手比画了个王八。文玉笑笑,说:"秋罢又该换届了……"福堂多精的人,赶紧求文玉指点:"你可得支持我!"文玉说我只能在两委会上把你当作候选人提出来,选上选不上全看你的群众基础了。福堂走了,第二天就开始培植自己的"群众基础",村里大街小巷挂满了标语:"赵福堂向全村父老问好!""赵福堂保证把养老院建好!"……过八月十五,福堂又一家送了二斤月饼一小壶花生油。

文玉看在眼里,喜在心头,没人的时候就想哼哼几嗓子。这天去河边溜达,见四下无人就扯开嗓子来了几句《朝阳沟》:走过了一座山翻过了一道岭……河里忽然钻出一个人,夸他:支书唱得不错呀! 文玉吓了一跳,见是吕科长。文玉知道秋水伤身,赶紧冲吕科长摆手,让他上来。

吕科长爬上来,一边用毛巾擦身,一边解释:他坚持冬泳多年了,不碍事。秋天正是冬泳的开头。

文玉松了一口气,瞅着冷凛凛的河水问吕科长:"冬泳没点硬劲可做不来,你是哪一年开始的?"

"说来话长,这里面还有一个小故事呢。"吕科长告诉文玉,是他当中学校长时的事。那时在学校,他每天喝水都是办公室烧好送来。有一天上午很晚还不见送开水。他就去了一趟办公室,原来水已经烧好了,只是负责送水的小王去县里送材料,又没交代别的同志。水就在小王桌子角搁着,伸手即可提走。可他嫌提水掉身份,就一声不吭地离开了办公室。过后越想越惭愧,越想越觉得难为人师表,为了洗去精神上的垃圾,他跳进了满是冰凌的河里……吕科长叹一口气:"瞧瞧我当时精神垃圾有多厚,都结成茧了。好多人,都让这些垃圾给埋了,毁了。"

文玉听了,不由脸红起来,像被人捆了一巴掌。自己这些天都对小星做了些啥呀? 想一想,越发脸红起来,好像又让人捆了一巴掌,忽然甩掉布鞋呼呼啦啦把衣裳扒了个精光,不顾吕科长劝阻,扑通一下跳进了河里。跳下去的一瞬间,文玉可着嗓子喊了一句:

"洗澡了! 洗澡了!"

看庄稼

一入秋,大队就开始派人看庄稼。

前半秋天防猪,后半秋天防人。人在沟边割着草瞅瞅四下没有人就跳进地里掰几只玉米挖几株花生。被抓住,多半是要敲锣游街的。

还有夜里出来偷棉花的妇女们,更难对付。她们三五人结伴,什么工具也不带,拣开肥的棉花朵拽下往内衣里塞。撵她们,就跑,跑不动了一齐蹲下来撒尿,白花花的屁股亮给你,看庄稼的后生们望而却步,只好不战而退。也有单个出来的,被逮住了不慌不忙,嘴挺硬,不承认偷棉花。那边后生不信,说不交出来可要搜身了。这边就迎上去,说没做贼心不虚。那边再强调一句:"俺可真搜了!"这边毫不退却:"随便。"后生的手就伸进了人家衣囊里边,很快触到一团厚墩墩的籽棉,却没将棉花拽出来,嘴里说:"不信搜不到。"手又试探着往上移,终于触到那两个硬顶顶的家伙了,嘴里却说:"果真没有。"手很不情愿地离开,说:"去吧。"这边赶紧跑去,心咚咚直跳,生怕那后生干出出格的事,那就对不住自己屋里头的了。

这事传到支书耳朵里,支书觉得后生们靠不住,换成了城里来的知青。负责棉花地的两个知青,一个叫小齐,一个叫国庆。国庆十七岁,还是个大孩子,一进野地就害怕。小齐故意吓他,讲聊斋里《画皮》的故事，吓得国庆钻进草棚不敢出来。小齐喊他去巡逻，他说啥也不出来，小齐把破步枪枪栓拉得哗哗响，说我一人去了。国庆也不敢一个人待着，又跑出来追小齐。

俩人还真逮住一个贼，是二队王根生的老婆龙枝。王根生刨树摔断了腰，不能走路成了废人，孩子又多，年年都是缺粮户，龙枝一个人撑着，没少吃苦。今天几个邻居发动她，她起初不肯，后来想想几个小孩冬天上学还没棉鞋，就来了，人家跑得快，龙枝没经验落在了后面。

小齐国庆催她交出棉花，她想起同伙的叮嘱，说没偷棉花。

国庆眼尖，说你肚里鼓鼓的准是棉花。龙枝笑说俺怀小孩了，不信你来摸摸。说着就做出解腰带的样子，国庆慌了，连连摆手，说："别，别。"小齐不怕这些，走近几步要检查。龙枝一看要来真的，口气立时软了，泪也掉下来，说："俺也是没法……"

小齐听说过她家的事，心也软了，跟国庆咬了一会儿耳朵，冲龙枝挥挥手，说："你走吧，回村别对外人说我们放了你。"

龙枝感激地望了他俩一眼，转身就走。走出几步又回头，她想起了同伴的话，就对小齐说："俺也没啥报答你的，大兄弟要是想……"

小齐臊得连连摆手，说："我俩犯一次错误，你还想让再犯？"

龙枝临走甩下一句话，"俺回家给你俩摊小鏊馍吃。"

俩人一直转到后半夜，露水越下越重，俩人钻进草棚避湿气，开始讲故事，你一个我一个，讲着讲着都迷糊着了。他俩醒来时天色将明，首先闻到满棚馍香。

一看，恁厚一摞小鏊馍，用笼布包着，还温温乎乎呢。

门

我们豫北乡下名医不少,像百泉李小平的疮药,一块钱一包,多难治的脓疮撒上就长肉;还有黄塔骨科,到处被人假冒,广告做疯了,而正宗的只有一家,人家从不打广告。大医院的专科大夫提起,免不了一嗤鼻,满脸不屑,却挡不住病人往那跑。我母亲洗澡不慎摔折了股骨颈,到县医院就诊,门诊室就大夫一人在看报纸,我真怀疑他们的医术就去了滑县黄塔。

黄塔的条件比较简陋,病房只有一个陪护床。第一个晚上,我和大姐只能轮换睡。病房制度是一床一人,护士发现后,把我赶了出来,在院子里冻了一夜。这终不是个办法!大姐忽然想起一个人,入院时物品发放处的那个明师傅,我们交谈过了,明师傅曾在我们老家贩过牲口。明师傅关照我们:有啥事找我!第二天晚上,大姐偷偷地观察过了,明师傅晚上不在医院睡,他的办公室空着,还有一张床。"试着问问吧。"大姐说。于是我就找了明师傅。

没想到明师傅一口答应下来,说这点事算个啥,当年在你们老家贩牲口,没少让老乡们照顾!

我喜滋滋地告诉大姐,大姐说还不买包烟谢谢人家。

我给明师傅送烟,明师傅高低不接,说:"出门在外,谁不被人帮?"我只好把烟揣了起来,心说遇上好人了。

母亲干结几日，吃了果导片后一个劲大便，这一天，把我和大姐忙得晕头转向。到晚上睡觉时，我一惊：明师傅没有给我钥匙！大姐起了疑心，说："一般情况该他主动给咱的，咱咋好意思去找他要？万一人家不是真想让咱住呢？"大姐又问："你给他买烟没有？"我说买了他没要。大姐分析说："肯定是嫌烟赖，这事黄了！咱还是轮流睡吧。"半夜里，护士又要赶我们一个人出去，大姐心疼我，去院里冻了半夜。

第二天碰见明师傅，明师傅笑吟吟的，还给我递了根烟，问："昨夜睡好没有？一条被子冷不冷？"问得我支支吾吾，没法回答。

一直到天黑，也没见明师傅来送钥匙，我故意和他走了几个对面，仍没见他提这回事。晚上，我只好仍然和大姐轮流去院里。不睡觉又没事干是很难受的，我只好在院里闲转。不知不觉转到了明师傅那间办公室，心里就很惆怅。此时此刻，里面那张床对我诱惑太大了，躺上去美美地睡一觉，该多舒服呀。

次日，明师傅见到我又问："昨夜睡好了没有？"想想夜里受的罪，我的火气就噌噌冒上来，答："没睡好！"明师傅笑了："想媳妇了？"我懒得理他，往一边走开了。

这天晚上，当我又一次转到他办公室门口时，心里很气愤，不让睡还气我，哼！我朝那门抬腿就是一脚。我怎么也没想到，门竟然开了。原来门根本就没锁！

怪不得明师傅没有给我送钥匙，他天天给我留着门呢。

我好一阵激动，之后轻手轻脚迈进去，打开了灯。屋里一下子白昼一样亮起来，我的心也霎时装满了暖意。这天晚上，我躺进洁白干净的被窝里，久久不肯入睡。临睡前我想，明天见了明

师傅,不用他问我就会告诉他:

我睡了个好觉!

新官上任

小星当了茄庄村委会主任,支书文玉找他谈话:"新官上任三把火,你也该有点响动,弄出点成绩让大伙儿瞅瞅。"小星被说得心里一涌一涌的,嘴上却很淡:"有你支书在,我哪敢有啥响动?"文玉点拨他:"目前村小学改建二期工程还差几万块砖动不了工,你要是能办了,可是大功一件,也算你的第一把火吧!"小星一拍胸脯:"不就是几万块砖?包我身上!"文玉很高兴,在村委会上宣布:"由小星担任村小学改建二期工程指挥长,争取麦收前完工。"

具体一操办,小星才知道自己那胸脯拍得太早了。乡里拨的基建款早用完了,村里再也拿不出一分钱,能想的办法都想了:茄庄在外人员春节回家都被请到村委会捐了款,村民也搞了一回集资。这下小星有点作难了,想了一百圈,没办法的办法,还得集资。支书文玉同意后,小星就在喇叭里广播,说没钱出粮食也行。谁知几天下来,一个来村委会集资的都没有。小星只好带人挨家挨户收,第一家就碰了个钉子。谁家?有名的"难打缠"肉蛋家。不但不给,肉蛋的话还说得很大:"你叫天王老子来我也不给!"小星急了,说:"中,你等着,要不叫乡里小分队来执行,我是个孬种！"第一个不给,往下就都不给了,他们说:"你让肉蛋集资我们也集资,总不能跟买柿子一样专找软的捏?"小星没了辙,去找文玉汇报。文玉批评他:"集资是自愿的事,你咋能让小分队执行人家呢?"小星泄了气,说:"我不管了。"文玉又批评他:"这点困难就让吓倒了?亏你还是咱村里有名的小诸葛！我就不信你点不起这把火?"这一激,小星的劲又上来了,又向文玉拍了胸脯。

回到家,小星摇了一把破扇在屋里踱来踱去,媳妇说:"天还不热呢,你发哪门子神经?"小星不耐烦地说:"我在学诸葛孔明用计呢。"媳妇儿挖苦他:"就你那破计,三岁小孩都能揭穿,也就是骗个我还差不多!"小星当年为了追媳妇,去城里照相馆找表哥借来一部照相机,围着她"咔嚓"了一天,结果把她的一颗心也给"咔嚓"动了,其实他没钱买胶卷,唱的是"空城计"。媳妇这一挖苦,小星眼睛不由一亮,说:"有了,有了。"他立马去找文玉,商量先从支部委员开始集资,并且在大街张贴光荣榜。谁知这一招并不见效,等了几天,村民还是按兵不动。小星又单独缴了一回集资,光荣榜公布了,反招来了肉蛋的风凉话:"装啥积极！给他个乡长说不定把自家五间房都给捐了。"

小星急了,从家里拉出一车粮食要去粜了买砖。媳妇不愿意,追到大街拦住车不让走。小星说:"男人的事你别管!"媳妇说:"这是我和孩子的口粮。"那架势就是不让,小星恼了,说:"你让开!"媳妇说:"除非你从我身上轧过。"村民都围了过来,小星觉得丢了脸,骂媳妇:"看我不打死你个娘们儿！"说着就是一巴掌,媳妇喊:"我手里可没端豆腐!"也回了他一巴掌,两个人厮打起来。小星更恼了,从路边拎起一根木棍照媳妇儿头上就是一下,媳妇一摸头,血出来了。围观的村民慌了,赶紧上前劲架,搀

着小星媳妇儿去卫生所。小星气呼呼地拉着车还要去粜粮食,村民们拦住了他,说:"粜光了粮食,你全家喝西北风?再说建学校又不是你一家的事!"他们帮小星把粮食拉回家,对小星说:"你去村委会等吧。"

说罢各自回家拿钱。小星到村委会才一会儿,就被围了个水泄不通。肉蛋没脸来,叫小孩送来了。集资款一直收到天黑,村会计一结账,高兴得直跳:"砖钱足够了!"又说:"这都是村主任的功劳!"文玉也冲小星伸大拇指头,小星心里美滋滋的。

结束后小星高高兴兴回家去,一进门,头上缠着绷带的媳妇儿拎起笤帚扑上来,一边打一边骂:"你个兔孙,头回从家拿钱我不管你,二回从家拿钱我还不管你,叫唱苦肉计我也依你,说好了做做样子,你却往死里打我!"结果,小星被媳妇儿敲了一头鸡皮疙瘩。

乡村校舍

校舍坐落在村子东北角,树多,又无楼房遮挡,是一个阳光和绿意充盈的地方。呈长方形,砖砌的围墙伸到校园后边与农房相接处忽地出现一截土墙,显得极不相称。土墙与砖墙不连接,再加上顽皮的学生从上面爬出爬入,每两年就得重新修一次。每次都是老校长带领教师们修墙,土里掺上麦秸,一叉一叉往上垛,看似简单,却是绝对讲究的手艺活。老校长技术好,每次都在上面修墙,这次却不小心,跌了下来,又让抓钩扎破了腰。送去县医院,医生说坏事,两肾都坏了。临终前老校长竟鼻涕一把泪一把,埋怨自己没成色,说学校12间教室8间是危房,这一截土墙十几年了也换不成砖墙。在场的人无不潸然泪下。

接替老校长职务的是中师毕业的小陆老师。十几年前的夏天,小陆老师还是一个农家孩子。该上小学读书了,他和一个小伙伴去报名,光着脚板光着肚皮只穿了一条裤衩。报名很简单,数数,他数到78,小伙伴数到85。报完名老师追出教室冲他俩喊:"开学了要穿鞋穿小裥啊!"他俩应一声便撒欢而去。当年那个老师,就是逝去的老校长。小陆老师感到自己肩上的担子好重好重。他开始为建校奔波,争取村干部支持,向在外地工作的家乡人发求援信。他还发动个体户捐款,后来又得到奔小康工作队的帮助,一幢可容纳500名学生的三层教学楼建成了!围墙也换成清一色的红砖墙。全校师生喜气洋洋地搬进了新校舍。

谁知还不到半年,一场罕见的大雨倾盆而降,随之而来的滔滔洪水淹了村庄和校舍,村民和学生们被迫住到了堤坝上。20多个令人揪心的日子,小陆老师时时都在担心校舍的安危。洪水稍退,他就迫不及待地驾一叶自扎的小船前去学校探望。在学校门口,他遇见了十几个驾着竹排的学生,他们跟他当年一样只穿了一条裤衩,正用一根竿探测洪水的深度。一个学生用手指卡住水印提出来,孩子们齐欢呼:又浅了!又浅了!他们看见了小陆老师,一齐围拢了过来,隔着竹排告诉他:他们天天来看洪水下去了多少,想知道何时才能开学。"天天来",想起这几天的洪水险情,孩子们竟不害怕,小陆老师的眼睛不由得潮湿了。

一个星期后,洪水仍然没有退去,可是堤坝上却搭起了一排

帐篷校舍,小陆老师领着学生们开始上课了。帐篷是县民政局送来的,民政局的同志告诉小陆老师,给他们买帐篷的钱是一个女同志捐的,一万两千块,那个女同志说啥也不留姓名。小陆老师笑笑,说:"再见着那位女同志替我们谢谢她!"

这天晚上,小陆老师喜滋滋地给在县城工作的未婚妻写信:今天开课了,孩子们别提多高兴了。另外告诉你,我在民政局同志面前把你大谢了一番,商品房过几年再买吧,咱俩今年冬天就在单位宿舍里结婚。

一　票

文玉被乡里任命为村支书后,村主任一职空出来,小星和福堂成了候选人。小星是副书记,年轻,村里的事总是带头干,修学校就从脚手架上掉下来一回,现在走路还不利索,所以有威信,文玉对他也很器重;福堂是个体户,有一个纸厂一个养鸡场,他说如果选他当村主任,就把村里通往公路的一节土路修成柏油路。于是俩人都等着选举的日子,来个公平竞争。

谁知选举头一天,福堂忽然开始活动起来。为了拉选票,他把本家走了个遍,一再嘱托:"胳膊肘可不能朝外拐!"外姓人呢,他拉了一车啤酒,一家一捆,请人家关照。小星闻听,有些慌了,他可没钱买啤酒。于是买了方便面和香烟,去文玉家,请支书想想办法。文玉却让他把东西拿回去,还说:"本来我可以理直气壮替你说话,可一接你的东西,我就硬不起来了。"小星很泄气,心想:听天由命吧。

选举结果出来,福堂的票并不多,小星当了村主任。福堂恼了,骂他的本家们"吃里爬外",又去外姓人家挨门挨户收啤酒。收到屠户肉蛋家,肉蛋不给他,说我投了你一票。福堂说一票顶个屁,我也没当成主任。肉蛋还是不给,说我不能白投你一票。结果俩人打起来,最后福堂让肉蛋掂着杀猪刀撵跑了,没收完的啤酒也不收了。第二天,除了肉蛋沾光,其他人家把啤酒全给福堂送了回去。村民们在街上见了小星,一齐喊"村主任",接着七嘴八舌地说:

——福堂不是个好东西,那年我老婆打药中毒去住院,手边一分钱都没有,朝他去借,他说得比我还穷!

——福堂赖着呢,前年欠我的麦秸钱,跑了一百趟,还没给清!他说修路,谁敢信他?

——他的钱来得恶心,我们不稀罕他的啤酒!我们信你,你给学校盖房,把腿都跌折了。

……

小星不好意思,脸也红起来,一个劲冲大家点头。大家很希望他讲点什么,他却什么也没讲,就回家去了。大家便有些失望。

几日后村里召开党员大会,文玉让小星代表村委会讲几句。小星吭哧了半天,也没讲出个子丑寅卯,最后却趴在桌子上呜呜地哭了,哭愣了一屋人。文玉问他为什么哭,小星抬起头,却不敢看大家,又低下来,说:"我对不起大伙……"

大家问:"啥事?"

小星说:"大伙相信我,投我的票,我却有私心,自己也投了

自己一票,我不配当村主任。"

　　大家齐"嗨"一声,却不知该说什么好,一齐瞅文玉。文玉也没想到会是这个问题,他想了想,对小星说:"你先出去,让我和大伙合计合计。"小星出去了一会儿,文玉又喊他进来。文玉说:"大伙商量过了,还让你当。"小星坚持不干,说副书记我也不配当了。谁知党员们急了,一齐吼他:"叫你当你就当!你能把私心说出来,我们早原谅你了。"小星不再吭声,头却埋在了两腿间。

　　党员会继续开下去,文玉说咱们讨论讨论村小学改建二期工程的事,还差几万块砖呢。

群众路线

　　文玉当了几年村支书,在喇叭里讲话学会了"嗯啊"和"这个这个",还学会了背着手披着外衣走路,村人都说:像个干部样了。这次从乡里回来,照例在喇叭里传播精神,先讲了冬季修渠,又讲了小麦抗旱,最后讲到了"群众路线":"群众路线嘛,就是一场运动,跟整风一样,已经运动到县一级了……"这是乡党委书记在会上传达的,文玉也捎带传达了。文玉文化浅,就记住这几句,往下便没了词,文玉"嗯——啊""这个——这个"了半天,实在没啥说,就把扩音器关了。这时门口人影一闪,养鸡大户建国直愣愣地站着,神情很严肃地问:"支书,要搞运动了?"

文玉说："谁说了？""你刚才不是在喇叭里说了？""我说啥了？""你说群众路线就是运动……"文玉摸摸头，一时想不起刚才都讲了些啥，就问："你关心群众路线干啥？跟你养鸡有啥关系？"建国说："关系太大了！要真搞运动，我现在就把鸡全都宰了，提前关门，省得到时候斗我一家……说穿了，这是我老爹叫我来打听的。"建国家以前是地主，他爹98岁了，尽管以前没享几天福却没少挨斗，这辈子让斗怕了，一提运动腿就发软。有一年村里打牌兴起"斗地主"，他爹隐约听见了，问年轻人，年轻人不耐烦："斗地主没你的事。"他越发怀疑，回家找根绳子就要上吊，幸亏发现得早。这次一听说要搞运动，又慌了，叫建国来问个究竟。文玉感到问题的严重性了，赶紧劝建国："放心，不可能的事。"建国不信："可你不是说了……"又问："群众路线到底是啥？"文玉一时回答不上来，最后答应建国一定去乡里问个明白，弄个水落石出。建国很不放心，一只脚跨出门槛，一只脚留在屋里，说："可全指望你了，支书。"

第二天，文玉跑到乡里找书记，书记正在接受电视台采访，试了好几遍镜头，还是不成功，急出一头汗。文玉站半天，书记也没发现他。文玉又去找党委秘书，秘书今天去接电视台记者迟了，被书记训了一顿，正在气头上，对文玉说话也重了点："去，去！群众路线是上面的事，你操啥穷心？"文玉没问出答案，还让人家训了几句，出来后就有些气馁。准备回去，他忽然想起表哥在县委党校当教师，找他肯定中。

从县里回来，带着表哥给的学习材料，文玉心里多少有了些谱。一进村就有人向他报告："县长来了！在老姬家。"县长真的在老姬家。文玉赶到时，县长正和老姬一家吃糊涂面条，老姬的

孙子两条鼻涕一吸溜一吸溜,县长就掏出一张纸帮他擤了,然后继续吃饭。见到文玉,县长说:"这次群众路线,我们四大班子彻底换了思想,先从转变工作作风联系群众办实事开始,一人包一个困难村一个困难户,我就选了你们村,选了老姬家……准备住上十天半月。"刚才县长给老姬的孙子擤鼻涕文玉看到了,心里就有些热热的,说:"我一定安排好你的生活。"县长一摆手,告诉文玉:"不用,就住老姬家,他们吃啥我吃啥。"

县长真的住了下来,给老姬家小麦打药,帮他们挖渠,干完农活又给老姬家贷了一笔款,让老姬养起了肉鸡。县长还把他们村的帮扶单位负责人招来,加上文玉,一起商量修路的事。说干就干,村里出义务工,帮扶单位出钱买水泥,县长脱了衣裳和大家一起平路基……劳动之余,文玉又向县长请教了不少关于"群众路线"的问题,加上表哥给的材料,文玉的心里透彻了许多,他想该抽个时候把自己的认识在喇叭里给大家讲一讲了。

这天早上,文玉趁饭时候打开喇叭,"嗯——啊"了几声,开始"这个这个"地讲起来。正讲着,发现门口不时有人影晃动,他就停下来,到门口看,原来是建国和几个村民在嘀嘀咕咕。见了文玉,他们就说:"支书你别讲了,我们知道群众路线是啥了。"文玉一听,来了兴趣,说:"你们说说看。"建国说:"群众路线就是县长给咱修路来了。"另一个村民说:"群众路线就是县长不嫌老姬家的小孩脏,给他擤鼻涕。"

文玉听了,觉得他们说得比自己看的那些资料还好懂,真是一语中的。既然他们都懂了,自己还啰唆个啥?于是他就把扩音器啪一下关掉,回家喝粥去了。

栽树记

那一年,茄庄来了一支扶贫工作组,领头的副局长不知叫啥名字,组员大家都记住了:张清生,在局里统计科做副科长。

带队的副局长局里村里两头忙,三五天才来一次,扶贫的事全落在张清生一个人身上。张清生是个极认真的人,不到半个月,把茄庄的土地、水利、资源分布等情况调查得一清二楚,琢磨出一个"三一五"扶贫计划。去汇报,副局长很感兴趣,让他说说看。这个计划就是买300只小尾寒羊发展养殖业,打一口深井解决茄庄的吃水问题,在山坡上种5000棵能尽快赚钱的果树……副局长连连点头,说能行能行。小尾寒羊和打井都需要投资,只有局里资助才行。去找局长,局长却把头摇得像拨浪鼓:不成不成,扶贫不是送钱,县里不是说了,扶贫先扶志,你带领村民学会挣钱才是真本事,有句话怎么说?"授人以鱼,不如授人以渔"……局长毕竟是局长,水平就是高。张清生没办法,"三一五"计划一下子吹了两个,只剩下栽树了。

村干部都不同意栽树,说不知猴年马月才能结果成材,不如来点看得见的!一起劝张清生:张干部弄不来钱就别操这份心了,我们村再穷也不多你一个人吃饭。张清生的脸不由红了,犟劲也一下子上来,说:没人栽,我一个人栽。

第二天,张清生背了铁锹、铁镐上山挖坑,吭吭哧哧干了一

天,只挖成20个。再上山他干脆带足干粮开水,省了下山吃午饭的时间,多挖了5个。第三天又多挖了5个,只是手上的血泡满了……一个月下来,竟挖了半山坡"鱼鳞坑",张清生笑了,刚好下了一场中雨,他趁着雨水栽下几百棵柏树,树苗是张清生用自己的工资买的。花两个月又挖成一千个坑,全栽了香椿树。眼看天旱不下雨,树苗有干枯的危险,张清生就停止挖坑,开始从山下挑水上来浇树苗,一担、两担……就在这时,张清生从电视上学到一种"三瓢水栽树法":一瓢水浸坑、一瓢水用塑料袋裹在树苗根部、一瓢水浇苗,一试,果然奏效。几个月下来,扁担压断了几根,铁镐磨秃了几对,张清生也不买工具,茄庄有的是铁镐铁锨。去借时,人家跟他开玩笑:张干部,你在山上种啥宝贝呢?张清生回答:给你家种个大彩电,再给你儿子种个花媳妇。村民都笑他,说没见过这么爱劳动的干部,比山里人还勤快。

  第二年开春,县里开始验收各单位的扶贫工作。这当口,恰逢市里省里号召打扶贫攻坚战,县里很重视,县委书记亲自听汇报。轮到张清生那个局时,局长碰碰副局长,副局长说:你放心吧,张清生早准备好了。张清生确实按副局长的吩咐背了一些东西,什么科技扶贫交通扶贫智力扶贫啦,可这些虚的东西他哼哧了半天,硬是说不出来。最后张清生把材料砍头去尾只说了几句:我们在荒坡栽了500棵柏树、1000棵香椿、400棵花椒树,一共1900棵,成活1400多棵。县委书记打量了他一眼,问:完了?答:完了。又问:其他工作没做?答:做了,没做成。

  县委书记没有再往下问。

  张清生通篇汇报就几句,把局长和副局长吓了一跳。回到局里,局长就把一只杯子摔了,指着副局长和张清生的鼻子骂:这次我过不了关,你们也别想轻松！刚训完,县里就打来电话,说明天要在茄庄召开现场会。大家一惊,心想要兴师问罪了。

第二天到了茄庄,县委书记领着大家上了荒坡。张清生栽下的小树都长成新树苗了,小芽小叶绿得喜人。县委书记认真数了一遍,忽然拉住张清生的手举起来,问众人:还有谁的手比这只手上的厚茧多？

众人无言以对。

过了几个月,已是县扶贫办副主任的张清生又来到了茄庄。村民一见他就问:张干部又来栽树了？张清生笑笑。这时村干部都跟了来,说:我们想通了,今年跟你一起干,中不中？

任　务

乡长召文玉谈话,一进门,先让座,后倒茶,递烟时干脆把一盒"软中华"塞进文玉兜里,最后又把一只十多斤重的"王中王"西瓜切了。文玉激动得不知该说啥好,这时乡长开了口:"眼前乡里有项工作想请你支持支持,不知中不中？"

文玉一拍胸脯,说:"照直说吧,乡长。叫我往东,决不往西！"

乡长如此这般一说,文玉一听,吃进嘴里的西瓜又吐了出来。文玉开始后悔那胸脯拍得早了,把兜里那盒"软中华"掏出来搁在桌上说:"乡长,这事……"乡长见他要反悔,黑了脸,很严肃地

对他说:"中也得办,不中也得办！这是政治任务！"

从乡里回来,文玉走一路后悔一路,用戏腔喊:这可如何是好,如何是好啊……临近家门,还戏子一样跺了几下脚。老婆见他一张脸愁得快要下雨了,就问他:"病了?"这一问,文玉不由灵机一动,抓住老婆的手说:"对,我病了,快去叫医生。"医生进来时,文玉躺在床上哼哼开了,嚷嚷头晕头疼恶心。医生赶紧给他量血压,不高;又看舌苔,把脉,最后疑惑地望着文玉:"支书,你没啥病呀……"文玉问:"血压不高?"医生答"高压120,低压80,正常。"文玉一骨碌爬起来,用手点着医生脑门命令:"从现在起我的高压180,低压120,这是政治任务！"说罢扑腾一下躺下,要医生给他输液。支书的话医生哪敢不听,只好给他挂了一瓶葡萄糖。

文玉用湿毛巾搭住脸,差人去叫村主任小星。小星一进门,吓了一跳,问:"支书你咋了?"文玉叹一口气:"这几年生活好,营养过剩,还不到四十我就犯了高血压。"接着问小星:"我待你咋样?"小星回答:"那还用说？我是你一手提拔上来的。"文玉听了点点头,又说:"眼前有个任务想请你拿下来,不知中不中?"

小星一拍胸脯,说:"没问题,你叫我往东,决不往西。"

文玉如此这般一说,小星不由楞在那里,他后悔自己那胸脯拍得早了。可是说出去的话,泼出去的水,没法收回了。再说,人家文玉是在病中求自己的。

从文玉家出来,小星左思右想,觉得这事还是作难,心说:村人知道不骂我十八辈祖宗才怪！路过卫生所,小星眼睛一亮,立即捂着心口跌跌撞撞去找医生。结果小星又以"政治任务"命令医生给他挂了液体,病得比文玉还严重:心律不齐。

第二天,乡里白秘书来打头阵,看任务落实得怎么样了。谁知支书和村主任都挂了液体,文玉说任务交给小星了,小星说任务交给村小学校长老宋了。去问老宋,老宋说村主任是给我说了。白秘书催他:快集合学生呀。老宋却不动,还念念有词:"宋朝,刚直敢言的安重诲骂跑一个向皇上献谷子的县令,该县令吹嘘一根茎秆上结了五支穗。咱是搞教育的,咋能叫学生去装羊欺骗上级呢?"白秘书一听就来了气,斥他:"少唱高调!现在是火烧屁股门了,你立马给我召集学生往后山去!"老宋根本不吃那一套,仍是按兵不动。白秘书又说:"你要不弄,你这个校长干成干不成不说,你们学校明年的基建款怕要黄掉。"这一句话牵住了老宋的心,白秘书一看有门,就催老宋:"快让学生回家去拿羊毛皮袄,到后山往身上一披,弯下腰就中。"老宋又犹豫了,他忽然捂着肚子说要拉稀,撕了半张报纸就往厕所跑。

左等不见老宋出来,右等不见老宋出来,白秘书不时抬腕看表,急得来回转圈。后来等不及了,扎进厕所去喊老宋,里面哪还有半个人影?再看后墙,分明有人爬过的痕迹。白秘书气得想一脚把后墙跺翻,他暴跳如雷,亲自指挥学生去家拿皮袄。学生根本不听他的,嗷嗷地喊着,一个劲往他身上扔纸蛋和粉笔头。这时,村里扬起一阵灰土,十几辆小车笛笛地叫着,往后山开去。

这是省检查团来验收"富民工程"的。乡长领着检查团到后山验收他们的"山羊基地"。漫漫山野,却只有百把只小羊在啃草,而汇报中的另几百只"山羊",白秘书还正在学校集中呢。县长看乡长,乡长的脸一下黄了。

第四辑

茄庄风情

在茄庄

豫北男人中间，捏捏叽叽、婆婆妈妈的多在辉县，三脚跺不出一个响屁，来了客人割肉打酒还要看媳妇脸色；原阳、延津、封丘三地的男人却不同，说话翁声翁气，放屁都能把地砸个坑，媳妇敢顶嘴一脚踢出门外。最显豪情的，是看他们斗酒，一个个脸红脖粗撸胳膊卷袖擎着酒碟："操他姐，喝！"

他们不骂娘骂姐，姐是出门人就像泼出去的水，贱了。

那一年我去延津茄庄收棉花，住在老姚家，三间破瓦房一根梁折了用柱子顶着，地面坑坑洼洼。我说老姚你也是个生意人咋把家整成这样？老姚嘿嘿一笑：都叫吃喝了，嘴没亏。我说今儿可别麻烦，咱不喝酒。谁知吃饭时候老姚变戏法一样整出满满的一桌菜，菜还不孬，油光光的烧鸡，焦黄焦黄的小鱼，还有一盘殷绿殷绿的冻蒜。老姚说庄里有饭店吃啥有啥，我真不敢相信：茄庄走三圈挑不出几座像样的房子，却能整出满桌鸡鸭鱼肉来。拆开一瓶"百泉春"，"啪嗒"一下掉出一只打火机，老姚儿子眼尖一把抢了去。茄庄喝酒不用杯，用碟，一碟一两酒。老姚满上，我说下午去看棉样不能误了事。老姚"吱"一声一口干了，摸拉一下嘴：误不了，兄弟。

三碟下去，我有些头蒙，老姚说空肚的事，叨，叨，要我吃菜。我平时就三四两酒量，见老姚又要添酒我赶紧挡他。老姚不以为

然:第一次来俺家,能不给你嫂子碰一杯?老姚媳妇正在轧面条,拍拍手上的面过来端起酒碟,我只好硬着头皮和她干了。又要干第二碟,我不敢。老姚媳妇说她喝俩碟我喝一碟,说罢喝凉水一样喝下两碟,菜也不吃又去轧面条了。老姚说你看着办吧,我只好又硬着头皮干了。胃里立即翻捣起来,我说不能喝了不能喝了。

话未落地,风门一开,老姚在县城当牙医的二弟给大哥陪客来了。二弟一落座从胳肢窝掏出一瓶酒,据说是此地的规矩。二弟又要和我干,我说真不能喝了。二弟说我看不起人,我只好端起酒喝药一样喝下一碟。我说真不能喝了真不能喝了,再喝要出洋相了,下午还去看棉样呢。老姚已满脸赤红,嗓门高了八倍:误不了兄弟,喝个孬孙!

这时风门又一响,老姚住的这个片的片长来了,从胳肢窝掏出一瓶酒搁在桌子底下,说来迟了先罚自己三碟。喝完又要和我干,我说:再喝……我就不中……不中了。我的舌头明显短了。片长说老姚的客人就是俺们茄庄的客人,我代表茄庄村委……我只好求助老姚,这碟酒老姚只让我沾了沾嘴边就替我喝了。往下猜拳过圈,老姚的二弟又替我喝了不少。三瓶酒见底,老姚又开一瓶。老姚的眼睛开始一翻一翻,舌头也短了,说误不了误不了。我一个劲咬牙,把涌上来的酒压回胃里。

四瓶酒见底,我长呼一口气,谁知风门又响了,一个老汉歪歪斜斜进来。老汉说他本来喝高了,可大叔的客人来了,今儿喝死也不说话!原来老汉辈分比老姚还低。老汉衣扣开了一半,瘦瘦的胸裸出来,抻着脖筋,一脸豪壮。接下来风向自然吹向我,老汉喝三碟叫我喝一碟,又扯过头问老姚:合适不合适,大叔?我坚决不和老汉喝,我说你啥都不用说了我反正是一滴都不再喝了。一下子就把他堵死了。

没想到老汉竟扑通跪下来,双手举起一碟酒。我傻在那里。

我真的醉了,一直到第二天才醒来。头却沉得抬不起来,还干恶心,就像患了瘟病的小鸡一样。老姚说打一针吧,一针准见效。村医是个瘸子,一高一低地进来,伸出一双漆黑漆黑的手。我打一个冷战,问:酒精球呢?村医张开左手,一只黑不黑白不白的棉球露出来。我闭上眼,感到屁股上凉飕飕的,接着"噗"地一下,想反悔也来不及了。

村医收了针,一边往外走一边对老姚说:保证管用,狗蛋家的老母猪三百斤,拉稀拉得站不起来。一针,就一针!

一只涩布的鸡

茄庄赵晓家的一只母鸡涩布了,正是产蛋高峰期却一只蛋也不再下。在豫北乡下,这也不算啥大不了的事,母鸡涩布无非就是进入了发情期却找不到合作伙伴,导致内分泌失调,把下蛋的事搁置了。按传统的法子,把涩布的母鸡按入凉水中,反复几次,杀杀母鸡身上的骚情,就会恢复产蛋的功能。一件简简单单的事,赵晓却弄复杂了,居然把村里的小兽医根妞请来,说要彻底查找母鸡涩布的原因,科学治疗,还母鸡一个人道主义。还说为了千万只母鸡的幸福,解剖也可以。

根妞不过十五虚岁,说起话来却像个大人。十三岁没了爹,娘一个人拉扯他和妹妹,很辛苦。见娘不容易,根妞干脆辍学回家和娘一起拉扯这个家。根妞拾起爹留下的兽医家什,干起了劁猪劁狗给小鸡打疫苗之类的活。根妞第一次把一只百把斤的牙猪扳倒在地,成功地摘了牙猪的蛋。返回家,根妞扔下家什,翁声翁气地冲娘喊:给我来一碗酒!这分明就是那死鬼的声音,娘窃喜,赶紧温酒炒菜。见根妞吱一口吱一口地喝着,还不时咂巴咂巴嘴,娘的眼睛不由潮湿了。后来根妞嫌光看病挣钱单,就发动娘开了一个兽药店,娘在家看店,根妞出诊和负责进货。根妞三七开的小分头狗舔过一样发亮,蹬着三轮车去县城进货,每次都用大人口气跟人家讨价还价,半点亏也不肯吃。为了解决一个技术上的难题,还请县里的名兽医进过舞厅。根妞自觉见多识广,对付一只涩布的老母鸡更觉不在话下。他接过赵晓递的烟吸上几口,鼻子里冒一股烟,弄明白赵晓的意图后就说:"亮叔,你的意思我懂,这只母鸡根本不用解剖,它既然想那个,找一只公鸡来把它们关一块,不就啥问题都解决了。"赵晓很惊讶,问根妞:"据我所知,你才虚岁十五,公鸡母鸡的事为啥也能说出个子丑寅卯?"根妞稍微有点不好意思:"实不相瞒,我在歌厅请客,一个小姐看上了我,没让掏钱就教会了我。这公鸡母鸡的事还不一个道理?"接着又说:"这几年我听的见的不少,不该经历的也经历了,要不咱茄庄人为啥叫我老江湖呢?"赵晓听了"哦"一声,去给那只五花大绑的母鸡松绑,又进小东屋,咔嚓一下关上门,回头对根妞说:"还有一事相求,烦你找个公鸡来。"根妞掏出的家什也没派上用场,一一收入箱子里,答应赵晓:"这个不在话下,我娘养了好几只公鸡,给你拎一只过来就是。"赵晓说一声拜托,把没吸完的大半盒烟塞给根妞,算是对根妞出诊的一点表示。根妞一看牌子,"精红旗渠",九块一盒呢,不好意思收,说:"亮叔,还是你留着吸吧!"赵晓坚持让根妞把烟拿走,还说:"咱爷俩,谁跟谁?"

很快,根妞拎来一只雄壮的礼花公鸡,跟那只涩布的母鸡一起关进小东屋。根妞拍拍手上的土,对赵晓说:"亮叔,我本来打算拎两只公鸡,娘不让,娘说母鸡跟人一样,也是知道好歹的,也是知道满足的。"赵晓不以为然,说:"给你娘捎个信,就说我说了,有时人还不如一只鸡呢!"说着又把一盒烟塞给根妞,根妞很激动,有了这盒烟,他去县城进货讨价还价和请教名兽医时,就可以抬高身份,不被人小瞧。过了几天,涩布的母鸡康复正常,赵晓捎信让根妞把礼花公鸡拎走。根妞过来,先把公鸡的翅膀捆住,以防它半路跑掉。临走,根妞扔下一句话:"我把你的话给娘说了,娘听罢——"赵晓紧张地竖起耳朵,问:"你娘听罢咋了?"这时公鸡突然咯咯直叫,好像在跟母鸡告别,影响了根妞说话,根妞照公鸡头上打了几下,告诉赵晓:"娘听罢一句话也没说。"说罢转身就走。赵晓闻听,眼睛霎时蒙上一层浓雾。他强打精神送根妞出门。根妞转过身没了影,赵晓再也坚持不住,一拖一拖往屋里挪,身子仿佛被抽空了一样。这时身后一阵脚步声,根妞又回来了,探进半截身,喊赵晓:"赵叔,忘了跟你说,那天半夜我听见娘哭了,第二天一看,果然,她的眼肿了。"说罢再次转身去了。只这一句话,赵晓听后不知哪来的精神,一下子像换了一个人,高门大嗓地冲远去的根妞喊了一家伙:"告诉你娘,谢她的公鸡了!"

……来年这个时候,还是那只母鸡,又不下蛋。根妞抓住它,要往小东屋送,还要去找一只公鸡来,去年的公鸡娘都卖给鸡贩

了。赵晓拦住根妞,说:"费那事干啥,再说屙一堆鸡屎,肮脏不肮脏?"说罢要过那只母鸡,按进水中。母鸡挣扎着,溅了根妞一脸水珠。根妞很窝火,一边擦脸上的水一边不解地问赵晓:"爹,去年你咋不嫌肮脏呢?"

独门小户

王秋生一家是从山上下户来的,免不了遭人轻视和欺负。茄庄就是这样,谁家人多门势就硬,说话粗办事也横。茄庄赵家是大户,他们硬是把王秋生一家的姓改了,随他们姓赵。辈贼低,他爹老王见了赵家的光屁股小孩也得喊叔。

老王和媳妇认了,他们只想寻一个靠山来减缓村人的轻视,于是就想方设法接近村主任赵启。老王隔山差五上赵启家找活干,问赵启猪圈粪出了没有,茅缸满了没有。去赵启家干活,见人躲着走,要不然他们就会咬牙切齿:老王,又去舔村主任的屁股沟?赵启见他勤快,在村里给他找了个差事,让他开会时喊喊人倒倒水什么的。有一次开会,一只水杯倒了,主席台上开水溢了一桌,赵启弄湿了袖子,就不满地皱了皱眉头。老王见了赶紧上前,找不到抹布,就用袄袖把水擦了个干干净净。赵启媳妇在代销店卖东西,小孩没人带,老王就让媳妇帮着管。王秋生和村主任的儿子同岁,两个人在一块玩少不了会干架,每次老王和媳妇都不问青红皂白把王秋生打一顿屁股。老王媳妇还把赵启一家八口的鞋全包了,先纳鞋底,一纳一大串,手都勒肿了。每次去赵启家,一进门,她就抓起门后的扫帚把屋里扫一遍,然后才小心地在板凳上坐下来,欠着半个屁股。

王秋生虽小,这一切全看在眼里,小胸脯气得一鼓一鼓的,没少责怪爹和娘丢人,没成色。老王黑了脸说:"有本事你长大当个官,爹就不用再低三下四了。"王秋生回答:"我非争这口气不可。"小学四年级时,王秋生硬是不顾家人反对,坚持把名字改成了"王争气"。

长大后王争气果然有了出息,办了一个腐竹厂,一个大理石厂,大把大把地赚钱。后来他又把大理石厂捐给了村集体,当上了村主任。赵启不会做生意,家庭情况不咋样,想让儿子去厂里干活,挣个工资。他找过王争气。王争气想起小时候的事,心里憋得慌,就冷着脸说,两个厂都不缺人。这天老王回家对儿子说:"赵启让俺给你说说,给他小子安排个工作。"老王又说:"赵启也学会巴结人了,给俺说话还帮俺拍打身上的灰土哩。"王争气听了心里很舒坦,回答爹:"过了八月十五就给他儿子安排工作。"

到了八月十五,村里不少人家拎着瓜果月饼来到老王家,嘴一个比一个甜,口气都是冲着老王老两口来的,实际是做给王争气看的。赵启的儿子也拎了几斤月饼来,放下东西吞吞吐吐地对王争气说:"俺爹得了'瞎八病',去县医院查过了,晚期。""瞎八病"就是癌症,豫北一带都这样叫。王争气听了一惊,赵启的儿子又说:"他想见见你。"王争气答应他:"你先走,我一会儿就到。"老王两口听见了,念记起赵启的好处,也要去,说人家赵启当年给咱家撑过腰哩。

一路上王争气想,赵启肯定是为了他儿子的事,自己一定要爽快答应他，小时候那点羞耻已成为过去了。赵启都反过来给爹拍土了，村里人见了自己的爹娘哪个不拣好听话说呢？进了赵启家，赵启躺在床上，屋里很乱，屋地很脏。赵启用劲起身打招呼，王争气赶紧走过去，握住赵启的手。

就在这时，谁也没有想到，老王媳妇见屋地太脏，一进门就抓起门后的扫帚，蹲下身子"嗤嗤"地扫起来，那神态那动作跟多年前一模一样。赵启媳妇见了赶紧去夺扫帚。

王争气却愣在那里，脸一下子红到了耳根。

后来，王争气又恢复了原来的名字，还叫王秋生。在茄庄，尽管再没人欺负他，大人小孩都仰脸看他，可一想起那天的场景就不舒服，心里疙疙瘩瘩的。

乡村文人

我们茄庄不光长石头，也长文人。头发乱蓬蓬仨月没洗似的，领口污渍铜钱厚，一脸柴色又一脸不屑，十有八九就是乡间文人。过年写写春联，红白事上当当记账先生，谁家的猪跑了写写寻猪启事，也给乡广播站写些好人好事，一旦播了，往大街走便一脸矜持。也有写诗写小说的，偶然发一篇便当作宝贝用红布包了压进箱底和存折搁一块，人老了红布褪色了也越发宝贝了，一个人拿出来看，生满皱纹的脸笑得花儿似的。也有出息的，被当作人才聘到乡里县里，身上的酸气却越发重了。

李生就是一个。以前在村里当民办教师,好诗没写出几首,举止之间却千方百计提醒人家:咱李生可是个文化人呀。

娶妻张翠花,偏偏斗大的字不识一筐,倒是勤快贤惠,一如路遥笔下的刘巧珍。每日洗衣做饭侍弄庄稼,里外都是一把好手,四亩责任田让她养得肥肥壮壮,两个儿子让她喂得白白胖胖。李生为遮人耳目,却对外言称老婆是小学文化水平。一日带翠花去一诗友家做客,女主人殷勤待客,拉了张翠花的手问:"嫂子贵姓?"张翠花不由一恼,心说这人咋喊着嫂子骂我"鬼形"呢?拿眼瞅李生,问李生她为啥骂我?李生急忙替张翠花答:"姓张。"女主人哦一声,又问:"弓长张,还是立早章?"李生又急忙回答:"弓长张。"张翠花心说原来她不是骂我,就露出了笑容。

回到家,李生一个劲夸人家女主人有学问,瞧一个姓就能问出恁多花样……张翠花心里便悄悄记下了。

又一回家里来一对客人,张翠花热情地握了女客人的手坐下,和女客人拉家常:"妹子贵姓?"女客人答:"姓赵。"张翠花哦一声,又问:"弓长赵,还是立早赵?"客人夫妇一时没弄明白,后来懂了,就想笑,又不好意思笑。李生在一边急得直跺脚。

吸取了教训,李生再不带张翠花出外参加活动,也不让生人去他家。可对外照样说张翠花是小学毕业。后来调进了县文化馆,张翠花的文凭又跟着高了:高中毕业,差几分没考上大学,爱好散文。

有一回,张翠花患慢性阑尾炎住进县医院,文化馆一帮同事提了水果奶粉来看望。听说张翠花也是个文学爱好者,还特意买了一束鲜花。文化馆的同仁一进屋,李生就特别紧张,生怕张翠花再问人家贵姓。等看望仪式结束,李生松了一口气。同仁就要

离开时,偏偏画画的小闫平时搞不准阑尾在左边还是在右边,就问张翠花:"嫂子,阑尾在哪边?"

张翠花一指右腹:"这。"

小闫哦一声,就要走了,张翠花却又开了口:"俺女的在右边,恁男的在左边。"

小闫一愣,问:"那是为啥啊,嫂子?"

"男左女右嘛。"张翠花很认真地告诉小闫,急得李生直跺脚,在一边冲她吹胡子瞪眼。

全病室的人哗一声笑了。李生脸红脖粗,直想找个地缝钻进去。一个同事看出来了,替他解围:"嫂子和咱们开玩笑呢!"谁知张翠花还是一本正经,关照小闫:"可不敢弄错了,男左女右,男在左边。"

好　事

茄庄小学改建,村主任小星带头当小工,不慎从脚手架上掉下来,摔折了脚脖……这事让乡里的白秘书知道了,就给支书文玉打电话,说要"宣传宣传"。

说来还真来了。白秘书在村里蹲了一天,拿出大记者的派头,东采访、西采访,记了厚厚一大本,问了很多村民们回答不了的问题。白秘书很为自己的知识水平高而满意,临走告诉文玉:回去要整个材料,报县里的"月评十件好事"。

才隔一天,白秘书就带着写好的材料来了,要文玉和他一起去县委文明办送稿。文玉不想张罗这类事,说:"我还得给猪娃打疫苗呢。"白秘书不高兴了,说:"是不是我这秘书在乡里没权,看不起老弟?"文玉是个实在人,听他这么一说,只好答应了。

上了客车,前面有一个空位,后面有一个空位,文玉让白秘书坐前面,自己去了后面。售票员在前面,招呼买票。白秘书手伸进衣兜,声音很响地问:"到县城多少钱?"售票员回答:"一人两块半。"白秘书又问:"两个人多少钱?"售票员答:"五块。"白秘书再次声音很响地说:"买两张!"光嚷嚷,却迟迟不见掏钱出来。全车人都听见他的声音了,文玉赶紧跑过去把票买了。这时白秘书的钱也掏出来了,还埋怨文玉:"我马上就买了,你硬要买,这不是气我?"

一路上白秘书不时转过头冲文玉吹,说他和文明办张主任如何如何熟,到县委大院没有他不认识的……到了文明办,一进门,见有三个人正聊得起劲。白秘书冲桌子后面那个戴眼镜的中年人伸出手:"张主任,我来了。"那个被唤做张主任的屁股一欠,和他握过手,示意他和文玉坐下,又接着刚才的话题聊起来。三个人聊得起劲,根本不问白秘书有啥事。这场面和白秘书在车上吹的多少有点不一样,白秘书就有点着急。终于,张主任他们聊结束了,这才转过身问白秘书:"有事?"

白秘书赶紧把材料递上去,张主任看一遍说:"没问题,下个月上吧。"白秘书脸上立即泛出一片红光,说多谢张主任。张主任问还有啥事?白秘书不说没事,也不说有事,却要给张主任讲一个段子轻松轻松。文明办的人一听又来了劲。

一聊两聊,不觉就到了中午。文玉怕让他管饭,用胳膊肘碰

碰白秘书,意思说咱该走了。谁知白秘书忽地站起身,一挥手,对文明办的人说:"走,今儿支书请客!"文玉一愣,心说真是怕鬼偏遇上妖,这个白秘书!

这一顿饭吃了一百五,文玉掏净了身上的钱,总算凑够饭费。心疼得不得了:"学校窗户上的玻璃还没安,门窗也没漆,这顿饭够好几间房的玻璃钱了。"吃过饭,张主任用牙签剔着牙问白秘书:"天这么热,不找个地方凉快凉快?"白秘书多精,一听就知道啥意思了,领他们进了一家美容厅。

一行人钻进一间装修一新的美容间,让小姐们侍候着躺下,开始洗面。文玉不敢躺,小声问小姐:"洗面多少钱?"小姐娇滴滴给他介绍:"洗面有10块、20块和50块,按摩80块……"文玉跳下床就走,白秘书问他干啥去?他说买瓶汽水喝。一出门却直奔汽车站,心说再不走就走不成了,今儿非押在这儿不可。

过几天,白秘书来找文玉,说:"那事定下来了,只是文明办经费紧张,没钱打印文件,让咱自己打印,他们提供文件头。"文玉还在心疼那顿饭钱,不愿意出钱打印。白秘书劝他:"头都磕了,还在乎一个揖?不过几十块钱嘛!"磨了半天,又说文玉看不起他……文玉没法,只好付了打印费。白秘书又掏出一张报销条,80元,要文玉处理,说是那天洗面的钱,文玉跑了,他只好先垫了。文玉说干那事还能报销?接着又说没有钱。白秘书黏着不走,文玉只好支乎他,说麦季收罢了再说。最后白秘书很不高兴地走了。

评上了县里的"十件好事",白秘书又要参评地区的"十件好事",还让文玉租车跟他和文明办张主任一起去地区跑跑,叫文玉准备几份土特产。文玉问为啥?白秘书说:"一个地区十来个县市,报上的好事一大堆,不活动活动,恐怕评不上。"文玉说:"我不稀罕。"白秘书又说文玉看不起他……文玉急了,说:"小星为公家的事跌伤腿到底是好事还是坏事?为啥非要请客送礼才能评成好事?这次天王老子说了,我也不去!"

这话真说大了,乡党委书记一个电话打过来,把文玉狠狠地训了一顿,说他不懂精神文明建设的重要性。文玉知道是白秘书烧的底火,可书记的话又不敢不听,只好去了地区。这一去,可不是一百二百。吃过洗,洗过揉,揉过吼,一条龙下来,扔进千把块,文玉心疼得差点掉眼泪。

后来地区报纸登出了"月评十件好事"结果,还真评上了。去乡里开会,邻村干部见了文玉都祝贺他,文玉却像偷了人家什么东西一样抬不起头来。心说:一千块钱买了个"好事",羞死人啦!

到了年底,白秘书又打来电话,要文玉参选省里"年评十件好事"。文玉一听,火从心底直蹿上来,对着电话喊:"不去!"

自行车上的恋爱

那个时候自行车在村里可算稀罕,从东头数到西头,再从南头数到北头,也就四五家。数我家最新,牌最亮,"永久"二八车。爹很爱惜车,每次骑罢都要仔细擦净,然后用塑料布包好搁到楼上,村主任来借也不让骑。爹说等我考上了高中让我骑。我还真争气，不但考上了，还是县一中。家离县城少说也有五六十里路，可我不嫌累，第一个星期就回了家。路过乡高中，碰见了我的初中同学秋菊。秋菊家没车，来回七八里路，她就靠"11号"车了。我打了一串铃，冲秋菊喊："捎你回家吧。"秋菊很高兴，也不客气："省我跑得腿疼。"她是第一次坐车，我骑车也不行，一扑，便把车扑倒了，跌进了沟里。我的裤管湿了，车也挂了一堆水草。再看车把，歪了，我双腿夹住前车轮正车把，心疼地斥秋菊："轻点上吧，你恁大劲咋哩？"秋菊恼了，一噘嘴："骑个破车有啥了不起，八抬大轿请我也不坐了！"说罢把书包往身后一甩，哼着"军港的夜啊"走了。我也很恼火，弄坏我的车你还有理了？你是白雪公主还是国家主席的闺女？不坐还不带你呢！我骑着车从她身边经过，故意打了一串铃气她。秋菊在后面抡着书包冲我喊："让铁钉把你车胎戳崩！还得跌进沟，把你门牙跌掉！"我不管她怎样咒，依然打着铃气她，心说天黑你也到不了家，该！

第二天返校，走到村口，我一下子想起了秋菊，昨天的事……我觉得对不起她，于是就在村口等她。不一会儿，秋菊一蹦一跳地来了，胸前胸后搭了两大包东西。秋菊不理我，我追着她求她坐我的车。一直走了二三里，她还没吭我一声。我急了说中招考试第2道几何题不是我事先猜到告诉你，你能考上高中？秋菊听了"哼"一声："我叔从省里寄来的《中招模拟试题》，全班我可只让你一人看了，老师都不知道。"秋菊一开口，也就是原谅我了。为了弥补昨天的过失，我提议秋菊可以用我的车学骑车。秋菊高兴得一蹦三尺高，从包里摸出一只煮鸡蛋，皮都没剥净就塞进了我的嘴里，算是对我的感谢。噎得我半天没上来气。

之后我几乎每星期都回家，秋菊也总是在老地方等我。可是一近村口她就跳下车,我们俩都害羞呢,没有勇气一齐进村。一晃三年过去了,我考上了本科,秋菊考上了专科。家里很高兴,为此演了两场电影,《喜盈门》和《咱们村的年青人》,片名我记得很清。第三夜赵习拐家也演了一场电影,原因是他家的小花驴产下一对"双胞胎"。我很恼火,把下驴驹和考大学相提并论,我感到受了很大侮辱。秋菊家也要演电影,我把这番理论一讲,她家立即改变了主意,就请县说唱团的老潘来说了两场书。

头一个寒假回家,才半年时间秋菊仿佛换了一个人,眉还是那眉,眼还是那眼,脸还是那脸,可味却整个变了。"漂亮!"我生平头一次感到了这两个字的存在和逼真。秋菊见了面就给我一拳:"咋不给我写信呢?"我也回了她一拳:"你也没给我写呀。"于是我们约定,再开学后开始通信,一月至少两封。娘也发现了秋菊的变化,说:"真是女大十八变,要是能给咱小辉当媳妇……"大年初一秋菊来拜年,娘拉住她的手不放,问长问短,最后竟将五元钱塞在秋菊手里。我们这里的规矩,只有未过门的媳妇才给钱。秋菊明白了娘的意思,一下子红了脸。好几天都没见着秋菊,她在街上见了我家人也躲着走。娘很后悔,说把这事办砸了。该返校了,秋菊忽然来找我,要我第二天跟她去县城玩一天。我不知道她葫芦里卖的什么药。

我们先逛了几家百货商店,中午一人吃了一碗"老杨烩饼",又看了一场电影,台湾片《汪洋海上一条船》,我和秋菊流了不少泪。回家的路上,我带秋菊一会儿,秋菊带我一会儿,秋菊还给我唱了一首新歌,苏红的《我多想唱》。村子越来越近,我们的车速却越来越慢。我装出吃力的样子使劲蹬,却蹬不出速度,我埋怨:"车胎气不足了。"秋菊跟着附和:"前后连个打气的也没有。"其

实她是睁着眼说瞎话,我们刚过一个路口,电线杆上挂了一个大铁牌,"修配站"三个字要多醒目有多醒目!这时天色已经似黑非黑了。

我们谁也不说话,车子很不情愿地拐上了进村的土路。秋菊忽然在后边搂住了我的腰,她的脸轻轻贴在我身上。后来又离开我的身,顺着我右侧探过来,她的左手紧紧搂着我。"小辉。"一声轻唤,我低头,看到一张似红非红的脸,一双似颤非颤的唇,那葡萄般晶莹的眼睛忽闪忽闪,仿佛天上的星。这一瞬间,我读懂了她的星语。我腾出右手,轻轻搂住秋菊的脖子,轻轻向上拉近,我垂下头,把自己的唇贴在了秋菊滚烫的唇上……天已经全黑了,我一颗心却澎湃不已:

我居然在跑着的自行车上完成了和秋菊的初吻!我发誓,我们从没演习过,也从没受过电影或者别人的启发!

运　麦

五月天,小喜跟二哥去田里运麦。小驴车,小喜在上面装,二哥在下面一杈一杈往上撂。装满车,扎好,二哥不让小喜跟他一起去卸,叫小喜留下来用筢子把装过的地方搂一遍,另一个任务就是提防那些山里来的拾麦人偷麦。山里不长庄稼,口粮不够吃,每年的收麦天就一拨一拨地下来拾麦,中间也有不规矩的,成捆成捆偷人家的麦子。

小喜搂过的地方,不知啥时候出现了一个拾麦的,是个姑娘。和小喜年龄差不多,穿了一件红布衫,脸很白,头发很黑,眼睛很亮。没有一丝污染的亮。小喜无意间看了一眼,心立即咚咚跳起来。小喜和一般农村娃子不一样,高考落榜后他读了田中禾的《五月》,又读了普希金的《爱情诗选》,就和文学较上了劲,他"用锄头分析土地",整天钻在小屋里写呀画呀,对种庄稼和出外做工一点也没兴趣。二哥很烦他,扬言等小喜娶了媳妇就和他分家。小喜一直没定亲,不是人家看不上他,就是他和人家没有共同语言。今天这个山里姑娘的质朴,一下子让小喜心动了。

姑娘和小喜保持了一段距离,小喜故意搂得慢了些,两个人的距离就小了,小喜主动和姑娘搭话:"哪的?"姑娘看一眼小喜,有点羞涩地回答:"鸭口村。"小喜又问:"离这多远?""七八十里吧。"姑娘一边答,一边往篮里拾麦头,她面前的麦头越来越多了,小喜故意搂得毛糙些,多留一些给她。小喜扔了筢子,拿起水壶咕咚咕咚灌了几口凉水,问姑娘渴不渴。姑娘摇摇头,小喜知道她渴,就硬往她手里塞,姑娘不好意思地接了。小喜又摸出一包仁丹,要分一些给姑娘,说可以预防中暑。这次姑娘没有推辞,扔进嘴里又咕咚喝一口水,咽了。小喜见了忍不住笑起来,说:"仁丹是噙在嘴里吃的。"

这时二哥赶着空车来了。姑娘提出要替他俩装车,二哥问:"替谁?"姑娘说:"替你往上撂。"二哥不客气,把木杈递给姑娘。姑娘扎稳了脚步,用杈子把麦子拨松,一杈一大堆,然后挺胸仰身,胳膊一甩,就撂上了车,姑娘的姿势敏捷好看,双臂也很健壮。为了让姑娘省力,小喜尽量伸长手臂去接撂上来的麦子。车子越装越大,姑娘的红布衫短小了点,一扬身就露出一截白。小喜发现二哥不干活端着水壶在一边偷看姑娘,他就将一捆麦子扔到了愣神的二哥头上,二哥一惊,赶紧抓起笆子搂麦去了。这时小喜发现姑娘上面的两个扣子开了,雪白一片,他看到了不该看的内容,霎时慌乱起来,装的麦子也是七齐八不齐,该收口了怎么也收不好。二哥在下面骂他草包,扎好车,扬鞭而去。

再一车,二哥在上面装,姑娘在下面撂,小喜用笆子在车后搂。二哥忽然发现了小喜的秘密,装完车,从上面跳下来,夺过笆子,把小喜搂过的地方又细搂了一遍,斥小喜:"拿自家的麦子讨人欢心呢!不要脸!"姑娘听了,脸一红,站也不是,去也不是。小喜好不气恼,一脚把水壶踢飞。二哥瞪他:"咋,还不服气,想打架是不是?"接着又命令小喜去扎车,说这次他留下看麦。

小喜气呼呼地扎好车,抡起鞭照驴身上就是一下,毛驴却不动。又抡几鞭,毛驴还是不动。小喜气不打一处来,拿起芒牛杈照驴身上一顿猛敲。毛驴疼得乱叫,仍然一步不动。二哥见状上来,围着驴车转了一圈,发现了原因,是小喜扎车时捆住了一条驴腿。他解下绳子,黑着脸训小喜:"捆住了驴腿你还发驴脾气!"姑娘在一边忍不住咯咯地笑出了声,小喜也笑了,刚才的气恼全散了去。

……第二年小喜和二哥分了家,那个山里姑娘已经做了他的媳妇。又到了运麦时,这回小喜没发驴脾气。

化验瘦肉精

文玉办了一个腐竹厂一个养猪场,饲料主要是腐竹厂生产后的涮锅水,里面蛋白质含量很高,喂出的猪又肥又壮,文玉叫它们"环保猪",专供县里一家超市,很受欢迎。文玉却没想到,还会有人要查封他的猪场。

那天,猪场来了一辆面包车,呼呼啦啦下来一堆大盖帽。这年头大盖帽太多了,眼神不好使的人一时半会儿还真认不出是哪路军。文玉眼神不赖,却几回把技术监督局的郎队长认成了工商局的勾队长。这回文玉没认错,来者是畜牧局检查大队的朱队长。文玉呢,没做贼心就不虚,问:"朱队长有何贵干?"

朱队长到了别处,都是好烟好茶加笑脸相迎,一个个毕恭毕敬。到了这儿,文玉烟不掏不说,连往屋里让一下也没让。朱队长就黑了脸,一副公事公办的样子:"上面有精神,要查处各养猪场喂瘦肉精的事,主动交代态度好的罚款了事,抗拒执法者就查封他的猪场——"文玉点了点头,知道是咋回事了。这时朱队长对他说:"念你是老实人,也不多罚,交800元算了。"说罢就让会计开票收钱,还说其他猪场都是这样办的,人家都很自觉。

文玉心说现在这职能部门咋都这样呢,不管违法不违法,都是一罚了事。前几天,质量技术监督局郎队长张口罚他500元,并且说:"要找你的毛病还找不出来?"今天朱队长又是800元,

仿佛他文玉会生钱似的。"哼！我可没那么自觉！"文玉把头摆得像拨浪鼓，不同意罚款。

"为啥不交？"朱队长问。

"我养的猪根本没有喂瘦肉精！"文玉理直气壮地回答。

"别给面子不要面子！"朱队长恼了，眼一瞪，命令化验员："接他的尿带回去化验！到时候可不是800元了！"文玉纠正他的话："不是接我的尿，也不是接你的尿，是接猪的尿。"一旁围观的人哈哈笑起来。

两个化验员一个是未婚女孩，一个是刚毕业的大学生，比着娇气，刚走近猪圈就用手捂住了鼻子。俩人嫌猪脏嫌圈臭，她支他，他支她，谁也不愿下去取尿，最后一齐支文玉。文玉皱皱眉，很不情愿地接了尿袋。跳进猪圈弄了半天，才接了半袋尿。

朱队长说一声"你等着"，气哼哼地走了。

才隔一天，处罚通知书就下来了，上面写着：经化验猪尿中含有大量瘦肉精分子，因此对文玉处以1500元罚款，三日内交齐，否则查封猪场。

文玉心说我是长大的，不是吓大的。仍然坚持自己的猪没喂瘦肉精，他还把处罚书扔在了地上。

朱队长大怒，没等3天，第2天就带人来查封猪场。文玉抡起铁锹要跟他们拼命，惊来了一村人。乡派出所也来了值班民警，问是咋回事。文玉讲了那天接尿的经过，挺委屈地说："打死我也不信能化验出瘦肉精！"

村民们和派出所民警听了忍不住笑起来，朱队长却傻在那里，他怎么也没想到事情会是这样——

原来那天文玉在猪圈等了半天，几头猪都不配合，谁也不撒尿。两个化验员在外边催，一急，文玉就掏出自己的家伙往尿袋里撒了一泡。

私　了

文玉和小星在商量交公粮的事，老魏黑着脸闯了进来。老魏是从山里下户来的，独门小户，平时走路溜墙边，见谁都给笑脸，今天这个样子，一定是有了情况。果然，老魏口未开，泪先流，接着扑通跪了下来："支书主任，可得给俺做主呀⋯⋯⋯⋯"

文玉小星吓了一跳，赶紧拉老魏起来，问是咋回事。老魏抽抽搭搭地说："肉蛋那个兔孙⋯⋯把俺闺女小花⋯⋯"肉蛋是村里的屠户，一身横肉，出名的"难打缠"。今天他去老魏家借独轮小车往麦地里推粪，小花一人在家，肉蛋起了歹心，就把小花逼到里间糟蹋了。

小星听了一拍桌子："往派出所打电话，抓了他再说！"

文星摆摆手，说："别急，调查清了再说。"老魏一听急了，说："这还用调查，俺闺女在家一门心思寻短见，俺媳妇不敢离她半步⋯⋯"文玉安慰老魏："你先回家，我们过去看看小花，再报警不迟。"老魏只好先走了。

俩人起身要走，老魏却又转了回来，还一脸的血。原来在路上遇见了肉蛋，老魏忍不住大骂肉蛋是个畜生！肉蛋却不承认有这回事，反说老魏血口喷人，还动手打了老魏。小星一听肺都气

炸了,说我要有枪非崩了这个兔孙不可! 文玉也很气愤,但他比较冷静。他让小星陪老魏回家,并关照一定要把裤头、床单和撕烂的衣裳保存好,公安局来了这就是铁证。小星问:"你不去了?"文玉回答:"我在喇叭里广播这个兔孙,让他来村委,先稳住他。"

文玉广播了几遍,肉蛋的影儿也没见,这家伙一定是心虚不敢来。这时,村委会的电话却响了,一接,竟是市法院打来的,谁?肉蛋他叔,在市法院当副院长。他先称自己家教不严,出了这类不体面的事,接着请文玉网开一面,想法做老魏一家的工作,私了。文玉愣在那里,一时不知该怎么回答。肉蛋他叔又在电话那边说:请支书一定看我这个面子,你小舅子的事我会尽力办的。文玉的小舅子跟人打架犯了故意伤害罪,为了少判刑,文玉前一段时间专门去市里找过肉蛋他叔。文玉想了想,终于答应了。

小星和老魏回来,文玉的态度来了一百八十度大转弯。他让老魏出去,先做小星工作。小星是文玉一手提拔上来的,虽然不情愿,也不好意思反驳文玉。接着做老魏的工作,说:"都是乡里乡亲的,抬头不见低头见,真抓了肉蛋,判了他,以后还不成了仇人?再说他叔在市里法院……"老魏听了文玉的话不由气上加气,"扑通"一声晕倒在地上。

晚上,文玉和小星把肉蛋送来的三千块给老魏送去,老魏把钱扔了出去,然后蹲在地上闷闷地哭了起来,哭得很揪心。

老魏一家再无脸见人,特别是小花,从此后竟没出过家门半步,听说人瘦得跟麻秆似的。这年冬天,小花出嫁了。男家是邻村一个养猪大户,他们的儿子出车祸成了植物人,小花将和这个植物人共眠一生。出嫁那天,小花哭昏过几回。当时老魏也请了村干部,文玉不好意思去,小星去了。见了花骨朵一样的小花瘦成一片枯树叶,他心里特别不是滋味,火气一串一串地往上冒。

回来后,小星去找文玉,提出要辞职。文玉问为啥。小星说:觉得自己不称职。文玉知道小星的意思,不知该说啥好。这时小星开了口:"你当支书前是村主任,那年选举,你得的满票,人家老魏一家都投了你的票……"文玉一听,脸腾地红了,仿佛叫人扇了几巴掌。

第二天,文玉和小星带着老魏和小花去了公安局。文玉还对办案人员说:我犯了包庇罪,也一起抓了吧。

我算老三中不中

半夜里,张老面睡得正香,忽然有水滴砸在脸上。张老面一骨碌爬起来一看,屋子有十几处在漏水。他推醒老伴,两个人慌慌张张找东西接水,锅碗盆桶全派上了用场,不一会儿屋里便叮叮当当响起来。老伴叹一口气,说:"咱不能老这样将就,这饲养室是几辈子的老房子了,雨天漏水,冬天钻风……"

张老面安慰老伴:"明天我再去找找老大和老二,看看翻盖一下中不中。"

第二天早饭后,张老面找到老大。老大住的是"明三暗五"现浇房,当年盖这房时,可是全村第一家,多少人冲老面伸大拇指夸老面的儿子真有福!可现在……老面把来意说了,老大一听,

头摇得像拨浪鼓："啥？你和俺娘想翻盖饲养室？我可没钱！再说，家里这房又不是不叫你和娘住了！"

老大媳妇在厨房听见了，便拿锅碗出气，弄得噼噼啪啪响，一只老母鸡也被她一脚踢出门外，老大吓得一句话也不敢吭了，闷着头一根接一根地抽烟，张老面知道没指望了，就起身往老二家去。

老二听张老面一说就蹦了起来："盖啥房，家里房还住不完呢？谁说不让你和俺娘住了？"老二住的是新式蓝瓦房，大小里间五六间，为盖这房，张老面差点累断筋，60岁的人了又累出了痔疮，拉一回能拉半盆血。这时老面说："我没说不让你们住，可你媳妇每次都是趁你娘洗完衣裳才开洗衣机洗衣服，还给邻居说你娘和我衣裳上有腥味，我和你娘是想出去清醒清醒。""你咋恁多事呀！"老二说完气呼呼地进屋去了。张老面叹了口气，离开了老二家。

张老面和老伴还不死心，就找来了娘家兄弟。

老大和老二见了老舅，一边"舅长舅短"地叫，一边张罗酒菜招待老舅。这娘家兄弟吸了老大的好烟，喝了老二的好酒，扭过头冲老面说："姐夫，你是不是老糊涂了，只兴老人给儿子盖房，哪见过叫儿子给老子盖房的？"

张老面一听，知道这事彻底黄了，他越看越气，越气越急，抡圆了胳膊，"啪"一拍桌子，酒杯都震倒了。娘家兄弟和老大、老二吓了一跳，一齐看着张老面。张老面脸红脖子粗地对大家说："既然不兴儿子给老子盖房，从今儿个起，我算咱家老三中不中？"

娘家兄弟和老大、老二听了，大眼瞪小眼，全都愣在了那里。

丢了一回娘

张大娘守了半辈子寡,不知受了多少罪吃了多少苦,总算把两个儿子拉扯成人,还给他俩娶了媳妇。村里人都说:张大娘真不容易。

谁知"花喜鹊尾巴长,娶个媳妇不要娘",俩儿子却一个比一个不孝顺。分家时说的是一递一个月养活张大娘,到了月头,没一个主动来接。张大娘只好掂着包袱自己"换岗"。到了老大家,老大媳妇早晚两顿都是脆生生的腌萝卜条,张大娘牙口不好,嚼不动,只好淡馍淡饭;到了老二家,老二媳妇攒一堆脏衣服,就是不开洗衣机,总是趁张大娘洗了衣裳她才开,说是怕张大娘的腥气沾了他们。张大娘平时没事爱和老头老太们摸个纸牌,玩一两毛的,可输了几次后身上三块五块都拿不出来了。问俩儿子要,一个比一个哭穷……张大娘不知悄悄地抹了多少眼泪。

有一次,张大娘去邻村看戏。看到半夜,回来时迷了路。她年轻时就有这个毛病,好迷路。黑灯瞎火地走了半天,也没走到家,张大娘心里清楚,说不敢再走了,等家里人来接自己吧,要不越走越远哩。她坐在一块石头上,等啊等啊……身上快冻僵了,也不见儿子们来找她。她怕把自己冻坏,就又起身往前走,这一走,不知迷到哪儿去了。

张大娘丢了。家里人找了几天,也不见人影。村里人都很着

急,给老大老二出主意:"去县电视台播个寻人启事,没准能有人把大娘送回来。"老大老二不满意给他们出主意的人,说:"真是站着说话不腰疼!上电视能白上?你给出钱?"就这样,老大老二在附近几个村找了找,就不再找了,说太费劲。他们该吃吃该喝喝,一点也不在乎,好像家里丢了一只鸡鸭似的。村里人都骂:良心叫狗吃了!

这事让大娘的娘家兄弟知道了,领了一群人来不依老大老二,让老大老二出钱上电视找人。老大老二知道老舅脾气不好,怕挨揍,赶紧应了。还真管用,有人捎信来,说在几十里外的小洼村有一户人家收留了一个女人……老大老二不信,说那也不一定是俺娘。娘家兄弟听说了,二话没说,开着三轮车去了小洼村。真是张大娘!

张大娘找回来,好多亲戚都来看她。自然不空手,有挎一篮鸡蛋的,有抱两箱方便面的,有买山楂精奶粉的……都说张大娘福大命大,黑天瞎地,要是掉进机井可就没救了。亲戚们来了,张大娘自然高兴。高兴归高兴,却又担心儿子儿媳们对亲戚不热情,谁知自从娘家兄弟教训了他们,他们居然来了个一百八十度大转弯。亲戚们来了,又是割肉又是买酒,还争着抢着让张大娘去他们家住,说要尽孝心。本来规定一家吃住一个月,现在老大老二商量了半天,决定一家吃住五天。张大娘刚接回来时住在老大家,四天头上老二两口就跑来接了,说:"给咱娘包好饺子啦。"老大说:"不中,昨天才吃罢饺子,今天给咱娘炸菜角吃,再说还不够天呢。"老二失望而归,临走又对张大娘说:"娘,俺舅把俺都教育过来了,您等享福吧。"一句话,说得张大娘眼泪噼里啪啦掉下来。

到了老二家,果真好吃好喝,老二媳妇还给张大娘梳了一回头。张大娘心里想:这辈子总算没白熬。这天晚上,她睡下了肚子不舒服又起来,从东屋出来去茅房,经过堂屋窗前,里面亮着灯,老二两口正在说话。只听老二媳妇说:"来咱家三天了,才收了两包奶粉三箱方便面,听说老大家一天收了四箱方便面……"老二说:"算算还有哪些亲戚没来?咱三姨是不是还没来?"老二媳妇很兴奋:"对,三姨是城里人,带的东西肯定不会少!这两天她要不来,过了五天还得想法把老东西留住!"张大娘听到这儿,一颗刚刚燃烧起来的心又扑一下让凉水浇灭了。

张大娘越想越泄气,当天晚上就寻一根绳子上吊了。

这一次,娘家兄弟又来不依老大老二,把他俩拉到大街上,一人打了十巴掌。可能是心里恨他俩,那十巴掌打过,老大老二的脸就肿成了发面馍,半个多月都没出门。肿劲消后,俩人一照镜子:天呢,老舅打在他们脸上的指头印还是那么显!老大老二跑了几家医院,医生都没法治。

这以后,俩人不管走到哪,脸上都带着老舅打的巴掌印。

红棉花

那一年乡棉站招收季节工,一村只能推荐一个人,家里没门路又和村干部非亲非故的小莲很想抓住这次机会,她羡慕死了那些在外上班的同龄女孩。

这事村主任说了算,村主任当过兵,有点头脑,见报名的有一二十个,就想了个法,要召开村委会民主推荐。这天村里有集会,小莲碰见村主任拉着五岁的儿子赶会。小莲跟村主任打过招呼,就拽住村主任儿子的小手逗他玩儿。一会儿告别的时候,村主任的手里却多了一张纸条。

晚上在村外,村主任说:"你准备去棉站上班吧。"小莲说:"我一辈子都不会忘记你的恩情。"村主任说:"一辈子太长,我只要一会儿时间就中。"小莲说:"你要干啥?"村主任说:"我想凫水。"小莲躲了躲,问:"你想咱俩永远好,还是只这一次?""当然是永远。""要想永远好咱俩就得培养感情,有了感情啥都自然了,我不想和一个没有感情的人发生关系。"小莲说着,摸一摸村主任肩头露肉的秋衣,说秋后要给村主任织一件毛衣。村主任心里美滋滋的,准备和小莲培养感情。

第二天支委们投票,由于小星的努力,小莲几乎满票通过。

到棉站上班第一天,每人填一张登记表。小莲没有笔,人家给她一支圆珠笔芯,趴在窗台上,一会儿用嘴哈哈笔才显。这时一个年轻人走过来,把一支钢笔递给她。这个年轻人是棉站站长的儿子,在棉站当文书。他们认识后,小莲经常找他借书。文书已经结了婚,爱人在另一家棉站上班,衣服只得自己洗。小莲见了,便夺过来,替他洗了。文书时常摸着洗净熨平的衣裳发愣。有一次,小莲端着脸盆来他宿舍借热水洗头,文书说端回去就凉了,干脆在这洗吧。小莲不好意思地点点头。脱去外衣,只穿紧身毛衣的小莲乳峰突兀,青春女孩的气息逼人。文书赶紧转过脸去。小莲低下头,白皙的脖颈让文书心里一热一热的。洗过头,小莲要走,文书一把拽住她,说:"你别走……"小莲乖顺地偎在文书胸前，良久，抬起一双垂泪的眼睛："可惜往后就见不到你了。"文书不解。小莲说我们三个月的工限到期了，过几天该回村了。文书说原来这样，给我爸说一声，把你转成日工不就行了？

小莲转成日工后，村主任跑来找她一回，把小莲吓一跳。谁知村主任啥也不提，只让帮忙卖一车棉花，小莲松了一口气。和文书在一块更不用担心，俩人亲过一次，文书后悔了半个月，说对不住爱人了。小莲心里偷偷地乐。

干了不到一年，上级来了精神，要转一批合同制工人。这时已换了站长，新站长姓周。这天一大早，小莲来找他，要求转正。周站长说："三十多个职工，只有十个指标，凭什么转你？"小莲不吭声，见周站长被子没叠，就手脚麻利地叠好一床被子，把床单整得平平展展。一转身，又从周站长肩头拿下一根草棒。周站长心里一涌一涌的："你的事我考虑考虑。"

几天后周站长带小莲去县城办汇票，吃饭时悄声对小莲说："吃过饭去旅社开个房间歇歇。"小莲心里咚咚直跳，吃饭时拼命嚼大蒜，周站长见了直皱眉头，饭后再不提开房一事。

招工表发下来，周站长发出去九份，最后一份攥在手里，小莲心里一悠一悠的。这天上夜班，小莲一个人在3号仓库喂籽棉，周站长来了，蹲在她身边闲扯。小莲问："我的事？"周站长从怀里掏出招工表，只一晃又塞了进去。小莲央求："给我吧。"周站长嘿嘿笑："你要依我一件事。"小莲不作声。周站长抖抖身上的绿大衣，说："你不要我可给别人了。"见他真走，小莲急得泪珠子直转，心说：这人可不似村主任和文书……她狠狠心：反正天知地知他知我知。小莲上前照站长甩了一巴掌："你这个冤家！"周站长狂喜不禁。

小莲万万没有想到,吸花筒风力太大,把她的一件红色小衣服吸走了。经过轧花机时,红色碎末把轧花工吓得大呼小叫起来,赶紧去保卫科报告:"红棉花!"前一段一个女工的长发绞进了轧花机,整块头皮被扯下,血红一片,把棉花都染红了,大家都记住了那恐怖的红棉花。保卫科长急匆匆来到轧花车间,仔细检查了一番,才弄清红棉花是红布料轧碎了,显然是从吸花筒过来的。保卫科长问:"今天3号仓库谁值班?"一个工人答:周小莲。于是一干人打着手电直奔3号仓库而来。

3号仓库的大铁门只是虚掩着,里面的人正在紧要处,并不知道会有一干人要打破这里的宁静。

喝　药

宋小三正在菜园里浇地,二嫂跟头流星般跑来告诉他:"你家来了个外地男人,一进院你媳妇就把门关上了。"又说:"这回你可不能再饶她了!"宋小三是个瘸子,到三十岁才娶上一房媳妇。媳妇却不守妇道,跟村里几个骚牯子拉扯不清,今天居然……宋小三拎起铁锨就往村里跑。

到了家门口,他想了想又把铁锨搁在一边,去推门,门吱呀一声开了。一个男人哧溜一下钻出来,兔子一般朝村外跑去。二嫂拾起一块土坷垃砸过去,狠狠地骂:"不要脸的东西!"宋小三黑着脸踏进家门,媳妇坐在床边抱一堆毛线有一下没一下地打毛衣。装得真像呀！宋小三问："那个男的是谁？"媳妇答："一个看穴位的阴阳先生，没说几句话就让俺支走了。""呸！几句话能说半个钟头？看不揍死你！"宋小三抡起巴掌去扇媳妇，她一扭身跳开了，高声叫骂："你个龟孙！还来真的了，姑奶奶手里可没端豆腐！"俩人便打起来。宋小三嫌败兴，"咣当"一声关了屋门。

院子里来了不少人，大家都竖起耳朵听。屋里传来"扑扑腾腾"的打闹声，后来声音就单一了。只听"啪"地响一声，宋小三就喊"还敢不敢了？""啪"的又一声，宋小三又喊一声："还敢不敢了？"二嫂和几个妇女笑了，说："该！该！"一齐趴到窗台上透过玻璃往里面瞧，却一下子惊呆了。只见瘦小的宋小三躺在下面，媳妇骑在他身上，每打一下，宋小三就喊一声。他是怕丢人哩。二嫂不忍心看了，泪水吧嗒吧嗒砸在窗台上。几个妇女看不下去，用巴掌拍玻璃，嘭嘭嘭……宋小三的本家们也恼了，院子里响起了一片指责声。小三媳妇害怕了，一骨碌从小三身上滚下来。

宋小三流着鼻血走出来，几个本家兄弟捋胳膊卷袖扬言要教训那娘儿们。小三媳妇吓得不敢露头。等了好一会儿，几个本家兄弟正要进去，一只瓶子从屋里扔了出来，啪一声碎了，大家一看，是一只农药瓶。"不好，小三媳妇喝药了！"二嫂抢先跑进屋，见小三媳妇歪在床上，嘴里吐着白沫。二嫂也是刀子嘴豆腐心，抱起小三媳妇，急得喊："咋办？咋办？"人们呼啦一下拥进来，乱成一团。

这时有人喊了一声："水伯来了！"大家一下子静下来，一齐朝外看。

水伯披着外衣进来了，他是村主任，村人敬他又怕他，因为再难缠再刁顽的人他也有办法治住。一看这阵势，水伯就吩咐在场

的人:"黑狗去发动你家的柴油三轮,赶紧送医院,小锁小亮跟去帮忙;扎根媳妇羊蛋媳妇抱两捆稻草来,一会儿车来了铺上。都给你们记义务工!"水伯吩咐完毕,一扭头却发现了一个新情况,心里什么都清楚了。水伯又喊回这两个妇女:"你俩别去抱稻草了,俺看小三媳妇病情严重,不如现在开始抢救。"俩媳妇一齐问:"咋个救法?"水伯说:"用老土法给她灌肠,你俩去茅缸里舀一盆粪水来!"俩媳妇小跑着去了,一会儿就捏着鼻子用尿盆舀了一盆秽物。大家齐努力,小三媳妇着实喝了几口。她哇哇大吐起来,二嫂喊:"活了,活了!"水伯吩咐接着灌。

小三媳妇一骨碌从床上下来跪在水伯面前,鼻涕一把泪一把求水伯:"饶了俺吧,俺知道错了。"水伯刚进门就有人说了今天的事,此时他却装着啥也不知道,说:"俺在给你治病,不知道你犯啥错了。"小三媳妇咚咚叩起了响头:"俺真知错了,水伯你瞧俺往后的表现吧。"水伯还是不明白的样子,摇摇头说:"你认哪门错?真是的。"又说,"既然你没事了,俺就走了。"他边往外走边驱散大伙。

众人捂着嘴往外走,一出门都憋不住笑开了。

麦根打官司

麦根要开一个饲料门市部,本钱不太够,麦根就去找玉新借钱。俩人光屁股一起长大,好得恨不得割头换项,麦根一直把玉新当成铁哥们。玉新果真二话没说,给了麦根两千元钱,又让麦根给他打了借条,说:"咱俩亲是亲,账目手续还得分。"麦根连连点头说对。

麦根赚了钱,就把借玉新的两千块钱还了,还给玉新搬了两件方便面。玉新去拿那张借条,在箱里锁着,钥匙在老婆身上,刚好出去了。麦根说:"你撕了算了,还怕你要第二回?"

麦根脾气好,老实,不与人相争,老吃亏。开门市部后就有人瞅准他这个脾气,骗了他两回。第一回是另一个开门市部的福玉,借了他九包饲料,过一段时间问福玉要,福玉却不认账,说:"还你啦。"麦根说:"哪有?"福玉不理他。又去要,福玉一拍桌子斥他:"你这个人!你还借我九包饲料呢,咱俩清了!"麦根没想到还有这种红口白牙说瞎话的人,气得说不出话来。他想到了玉新,玉新脾气硬,让他和自己一起去找福玉或许行。玉新却说:"都是一个村的我没法去说,要是外村的看我不打断他的腿!"

第二回是邻村一养鸡户,赊了麦根600块钱饲料。找他要账,说的比唱的还好听:这钱早该给你了,现在手边没有,卖了鸡蛋就给你送去,你就别跑腿了。麦根回去一等就是十天半月,这

家连照面都没有。再去要，又是拣好听的说，一连跑了十几趟，一分钱也没给。麦根在这个村里找个熟人一打听，人家告诉他：这家人赖着呢，你敢赊给他饲料！这时麦根想到了玉新，玉新说过外村的就打断他的腿。玉新到那一厉害，说不准人家把钱就给了。谁知到了那家，从头到尾，玉新连个屁都没放，最后空手而归。出了门问玉新为啥不动手。玉新说："在人家地盘上咱能打赢？"麦根一脸愁水，问："那该咋办？"玉新说不如到乡司法所去告他。

去了乡司法所，乡司法所的人问有没有欠条。麦根掏出来给人家看，人家说有欠条就中，这官司能赢。问怎么个打法。人家说得先交200块起诉费，起诉后再开庭审，判了再执行。俩人问完出来，碰见一个本村人，是个律师，又拦住问。律师也说官司能赢，只是执行就难了，现在乡司法所执行庭的案子几尺高，你这种小案一年半载也挨不到。再说你打官司不托个熟人？买条烟吃顿饭600块钱就没了。律师劝麦根别费这个劲了，不值得。回去的路上，麦根一个劲叹气，说："亏死了。"玉新问："你打算咋办？"麦根摇摇头："还能咋办？吃个亏算了。"玉新听了眼睛扑闪扑闪，连说吃亏好，吃亏人常在。

麦根吃了亏，心里堵得慌，几顿没吃饭。玉新来看他，麦根心里说还是玉新跟自己近啊。玉新坐下来，掏出一张条让他看了看，又立马装进衣兜。麦根说："这不是我给你打的那个借条？你还没撕呢？"玉新一本正经地说："你还没还我钱，咋能撕？"麦根笑："真会开玩笑！"玉新还是一本正经："谁跟你开玩笑？我现在急用钱，你还我吧！"麦根这才意识到问题严重，他做梦都没有想到玉新会这样。玉新一定是见他好欺负，起了坏心。

玉新一连找他要了三次，见他不还，竟真到乡司法所把他告了。麦根傻了,说我咋恁倒霉呢。到乡司法所,麦根对天地对爹娘起恶誓,乡司法所根本不听,人家只认证据,说有你打的借条为证。考虑到乡里乡亲的先不立案,最后给他俩调解,限麦根几月几日内还钱。这次,麦根真的气病了,一连躺了好几天。他悄悄把一包老鼠药倒进碗里,恰巧被老婆撞见。老婆哭着夺过碗:"你咋窝囊成这个样子?你还是个男人不是?跟了你受这份窝囊气,还不如一起死了呢!"说罢就要喝老鼠药。麦根一巴掌打掉老婆手里的碗,一骨碌爬起来,不知哪来的勇气,说要去找玉新了断此事。

见到玉新,麦根又变得窝囊起来,连句完整的话都不会说了。他拍拍衣兜,说:"我来……还你钱了……你先把借条给我。"玉新一听眉开眼笑,说:"这就对了,借人家的钱不还咋中?"他掏出那张借条想都没想递给麦根,然后等接麦根的钱。麦根瞧了瞧借条,忽然握成一团,一张嘴塞了进去。玉新哎哟着,麦根已经一伸脖子,咽了。

再到乡司法所,麦根说钱还给玉新了,玉新说没还。乡司法所说没了借条这事就说不清了,案子也算结了。

爷们不在家

乡下兴串门。天一擦黑,搁下碗,也不稀罕瞧电视,就去外面人家串门聊天,屁股沉的一聊半夜,哈欠连天眼皮抬不起来了才想起回家。也有不喜欢串门的,花叶就是一个。花叶的爷们大奎

在城里给个体户开大卡车,去山西拉炭,一两个月难得回来一次。花叶是个守规矩的女人,爷们不在家,她哪儿也不去,也不喜欢别人来自家串门,天一黑就锁上了门。这天,门却被叩响了,是西街卖豆腐的来喜。

进了门,来喜拿眼瞅了一圈,问:"大奎兄弟没回来?"花叶说前天刚走,就赶紧去找烟。递火时来喜嘴里说着"我自己来",却不知是有意还是无意地捏了捏花叶的手。花叶一惊,问来喜:"有啥事?"来喜回答:"没事没事,来串串门。"花叶随手把院里的灯拉亮,心里却犯开了思量。平时和来喜家没啥来往呀,他咋突然想起来家里串门呢?花叶忽然想起这几天和来喜一起打麻将的情景,来喜好几次在桌子底下用腿碰她,还一直点炮让她赢牌,莫非他是有意的?花叶不敢往下想了。来喜坐了半天,也不说话。花叶心里更急了,鼓足勇气说:"天不早了,俺该歇了。"谁知来喜屁股连动也没动,竖起耳朵听了听,说:"还早呢,你听人家的电视,《原乡》才演了一集。"又停了一会儿,花叶故意打出几个哈欠,说:"俺真困了,你也早点回家吧。"

来喜不情愿地站起身往外走,嘴里说:"明儿个再来。"到了门口他竟一转身抱住了花叶,花叶吓得差点喊出声来。花叶用力挣脱,来喜不放,说:"俺早相中你了,做梦都想跟你……"花叶急了,说:"你要再不放手,俺就大声喊了。"说着趁机咣当一声拉开了门,来喜没办法,只得走了。花叶心腾腾地直跳,锁死门,一夜没敢合眼。

第二天,来喜又来了。花叶不开门,来喜咚咚地敲,花叶怕邻居听见说长道短,只好开了门。来喜进门就抱住她,说:"俺一天不见你就不中……"花叶又气又怕,退到桌子边,操起剪刀扎来喜,来喜疼得松开了手。谁知来喜还不死心,半夜里又往她家扔东西,花叶以为是砖头,天明了一瞧,是一包炒花生。弄得花叶哭笑不得。她想去城里找大奎,又怕大奎把事情弄大,谁都知道大奎是个麦秸火脾气,一点就着。花叶急得嘴上都起了泡。

过几天,来喜又来叩门,花叶很痛快地放他进来。来喜又提出那个要求,花叶说:"先别急,给你冲碗水喝了再说。"鸡蛋水冲好,放了白糖淋上小磨香油,来喜美滋滋地喝了个精光。花叶问他:"好喝不好?"他回答:"好。"花叶又问:"喝了人家的鸡蛋水,再搂人家媳妇,美不美?"来喜嬉皮笑脸地回答:"谁让俺有这个福气?"花叶一声冷笑,说:"你以为就你有这个福气,咱村有福气的男人多着呢!"来喜问:"你说说谁还有这个福气?"花叶说:"回去问问你媳妇就知道了。"来喜一愣,说:"你这话啥意思?"花叶冷笑不说话,来喜却有些坐不住了,心说花叶话里有话,莫非自己媳妇……他拨通了媳妇的手机,却没人接。又打了一次,还是没人说话。来喜急了,起身就往外走。

到家一看,桌子上竟真有一只空碗,一闻,满是香油鸡蛋味。问媳妇,媳妇在里间回答,说她做荷包蛋吃了。来喜半信半疑,进了里间,一股子烟味扑鼻而来,细一瞧,床头地上扔了几个烟头。来喜一下子蒙了。他开始审问媳妇,媳妇却根本不理他,说:"兴你州官放火,不兴俺百姓点个灯!"来喜差点气晕,骂:"你个不要脸的东西!偷人养汉,敢给老子戴绿帽子,看不打死你!"正要动手打媳妇,门咣当一声开了,花叶来了。来喜一见花叶心虚得要命,赶紧从里间跑出来,给花叶找座。媳妇也追出来,点着来喜的鼻子把他骂个狗血喷头。花叶劝住了来喜媳妇,对来喜说:"要想公道,打个颠倒。你不想戴绿帽子,别人就愿意戴?"

来喜这才明白了咋回事,照自己脸上就是两巴掌:"俺不是人,俺真不是人……"

抢　种

秋雨过后,天一下晴了,地皮开始发干,犁能下地了。农人开始忙活起来,翻耕、撒肥、播种、括地垄,一刻也不敢停息,听天气预报过几天还有雨,并且是连阴,要是这几天播不进种子,一耽误可就是十天半月。种播迟了,出苗晚,遇见冷冬,明年收成十有八九要受影响。庄稼可是农民的命根子呀!这一情况让市里分管农业的副市长下乡了解到,大惊,急忙赶回市里,让秘书连夜起草了一个《关于在全市农村开展抢种的紧急通知》,第二天就召集下面八个县分管农业的副县长,作了详细布置。

农情即战情。副县长们上午开完会,下午回去就让秘书依照市里的文件重新起草文件:《关于在全县开展抢种的紧急通知》。通知明天来开抢种紧急会,为了表示重视,要求各乡必须由乡长亲自参加。次日乡长们领了文件,得了会议精神,马不停蹄赶回去,叫办公室起草文件:《关于在全乡开展抢种的紧急通知》,通知各村明天来开会,支书和村主任都得来,有事须跟乡长请假才行。第二天支书村主任们到齐,相互打听,啥会这么重要?是不是要换届了?会议一开始,文件一到手,支书村主任们齐"嘀"一声。他们搓搓手上的泥,掸掸裤腿上的土,耐着性子听乡长传达精神,又一二三四五作安排。一晃就到了中午,上午还明晃晃的太阳现在却消失得无影无踪,天又阴了?支书村主任们的心也阴得要命:家里正等着他们去抢种呢。散了会,乡长宣布食堂有饭,支书村主任们一个比一个急着往回赶,哪个还有心情吃饭?走到半路,雨点噼里啪啦砸下来。

半个月后,副市长下乡巡视农情,见耕种基本结束,光溜溜的田野上几乎不见人影,他对秘书说:亏了及时开会布置呵。偶见几处还在播种,副市长就笑着说:这一定是那些特懒特懒的庄稼汉。停车随便问问,竟是村干部。再问原因,村干部就埋怨:都怨上头开啥抢种紧急会,误了我们播种,本来打个电话就中了,硬是开了一上午。村干部不认识市长,埋怨完又说:种了一辈子地,哪个不晓得抢种?上头又发文件又下精神,真是神经!

副市长讨了个没趣,赶紧走了。

秋罢给话儿

麦子扬花的一个傍晚,小亮骑着摩托带着小艳进了村头的杨树林,两人耍"摸鱼摸虾"……压倒了一片青草,还差点压住一对缺翅虫,幸亏那对缺翅虫机灵跑得快。

一个月后,小艳和妈去地里点玉蜀种,玉蜀种装在小艳上学时用过的破书包里,书包吊在脖子上。小艳腮帮子忽然一阵发酸,涌出几口酸水,哇地吐了出来。小艳没在意,点了一会儿玉蜀种忽然又一阵发酸。小艳猛然一惊,又一想自己的"好朋友"超过十几天了还不来,莫非……她的脸不由火烧般发烫起来,心也咚咚直跳。渐渐地脸色又黄了,小艳想要真是那样,让爹知道了,不打折她的腿才怪呢!她没心再点玉蜀种了。

妈发现她在吐,问咋了。小艳谎称看见一条蛇,恶心死了。妈点点头,安慰她:"头上带王字的蛇可别招惹它,那是神蛇。"小艳就向妈请假说要回去喝口水,也不管妈同意不同意背起玉蜀铲就趟着麦浪往地边走。

小艳到县城下了车直奔县医院,挂了号又直奔妇科。可是到了妇科门口小艳犹豫了,自己一个闺女家……要是再碰见熟人,那还了得!她鼓了几番勇气还是不行,就垂头丧气地离开了县医院。

小艳进了一家计生用具专卖店,在街上瞎转悠着就瞧见了这家专卖店,玻璃上赫然几个大字:早孕测试。她已别无选择。一进门,小艳红扑扑的脸就立即像熟透的葡萄一样显出了紫色,温度一个劲上升,热得能把一张纸点着,她听见自己粗重的呼吸和心脏咚咚的跳动,她的眼睛里汪着一潭温润的液体仿佛一触即溢。店主问她要什么,她指了指玻璃上那几个字。她把那决定她命运的条条多要了几根,付钱的时候店主又给她推荐一种药,说有劲得很……小艳一怔,店主显然把她当成三陪女了,她夺门而出,店主在后面喊找她钱也不要了。

回到家按上面的方法一测,果真是那个结果。小艳一时没了主意,给小亮打传呼,小亮回传呼说他正在黑金刚娱乐城里打气枪呢……

还是那片杨树林,小亮已先一步到达,正笑吟吟地望着她,开始夸自己刚才的战绩:"我的枪法咋恁准哩,一枪中一个气球……"小艳上去啪一下就给了他一耳光,小亮顿觉满眼都是金星,说:"你咋打人呢?"小艳不吭声,又飞起一脚踢向小亮,然后蹲在草地上呜呜地哭起来。小亮一手捂脸一手揉腿,不知这迎头痛击为了啥。闹了半天才弄明白,赵晓不信:"一回就……比打枪还准?"小艳拿出测试条,要当场测给他看。于是两人商量赶紧结婚。

小亮爹去提亲。第一回,小艳爹只一句话:"五黄陆月的,办啥喜事?石狮的屁股——没门!"连座都没让。第二回夹了一条烟去,小艳爹口气还没让步:"说不中就不中,六月不娶,五月不嫁,人家还以为我闺女嫁不出去啦?"第三回就到了麦罢,小亮爹一手拎一捆啤酒,小艳爹这回有了点笑脸,说:"让我考虑考虑,秋罢给话儿。"

小艳和小亮在他家里等消息,爹回来一说,小艳就小声埋怨:"秋罢给话儿,秋罢给话儿!定日子也得定到冬天,我肚子成啥样儿了?非暴露不可!"小亮怯怯地望着小艳,小声试探问:"要不……去医院打掉?"小艳听了浑身一激灵,仿佛真的上了手术台,两手紧紧地攥住了小亮。

俩人悄悄去了一家小医院,手术室很小也很脏。医生是一个中年妇女,脸阴阴的,仿佛和他俩有仇似的。把一堆刀剪在燃烧的酒精里消毒,然后戴上胶皮手套。见小艳愣着,就叫小艳上手术床,还问:"第一回?"小艳觉得受了污辱,却又不敢发作。小艳疼得忍不住了,一只手死死抓着小亮的手,"哎哟哎哟"地叫唤。医生当啷一声扔下一件铁器又操起一件送进去,还训小艳:"叫唤啥?不是得劲那一会儿了!"小艳吓得再不敢吭,却把小亮的手抓得生疼。手术后,小亮手上留下一排红洇洇的指甲印。

天黑后俩人回到村里,小亮说:"去俺家吃饭吧!"小艳鬓角还冒着湿气,全然没了平日的霸道,很温顺地点点头。

一进家,妈喜滋滋迎上来,告诉他们俩晌午喜鹊儿在咱家叫哩,又给他俩报喜:"我去找小艳爹,他正喝着小酒,激我说你能喝三杯就答应。我一口气喝下五杯,菜都没叨一口……小艳爹放

话了,娶亲的日子随咱挑!"

"咋会这样呢?"小艳握着小亮的手,俩人好像从战场上下来的伤病员,委屈的泪水扑扑嗒嗒落下来。

回老家

豫北乡下实在没啥稀罕玩意。地,是那黄土地,偶有几锨深红色的土块,捣煤球的眼尖,挖去做了煤土,就像一个娃娃脸上的胭脂被擦掉一块似的。庄稼是那老几样,闭上眼睛数了:麦子、玉米、红薯、稻子……稻子一年只收一茬,喂它牛奶也长不出二茬。房子,掀了锤棚盖瓦房,瓦房又换成现浇房,庄稼人一辈子也就折腾在这几间房上了。乡下的日子,淡得就像一杯白开水。我这么说,可不是嫌弃生我养我的家乡,俗话说:狗不嫌家贫,子不嫌母丑。打一段时间不回去一趟,心里硬是憋得慌。

这次是父亲捎信让我回来的。一进家门,父亲就在屋里躺着哼哼开了,说他一个糟老头子整天光会叫腰酸腿疼,没啥用了。父亲今年八十有五,"七十三、八十四,阎王不叫自己去",去年父亲整天提心吊胆,有个头疼脑热就喊"不中了不中了",叫往县医院送。今年关口一过,他立即恢复了以前的开朗,满村疯跑,没大没小和人开玩笑。一次捏一个小孩的"鸡鸡"玩,结果给人家捏肿了,人家不愿意,最后母亲买了五斤鸡蛋去说好话才算完事。没想到老顽童一样的父亲却病倒了,我用手摸父亲的头,安慰他:

"有病赶紧看医生,要不然咱上县医院?神经内科杨大夫的手艺在全县数第一。"

母亲在一边插话:"不看吧,只要你在家住几天陪陪你爹就中。"

我说单位一年四季也忙不上几天,在家住一星期根本没问题。

父亲闻听一骨碌从床上跳下来,喜滋滋地吩咐母亲,赶明割肉给娃包饺子吃。我吃惊,你腰不疼了?母亲笑,哄你哩,想你了才叫捎信给你,哄你来家住两天。我也笑了。老还小,老还小,八十多岁的父亲学会了说谎。

天黑后父亲去大街十字路口烘火,还装了一把花生,说要烧着吃。又说乡供销社要来放科技电影,随便热闹热闹。母亲也搬了一只小板凳颠着小脚跟去了。随着年龄的增加,我发现母亲的说话方式甚至长相与父亲越来越一样了,每回一次家,这种直观就加深一次,越看俩人越像一对"老姊妹"。坐一天车我着实累了,便钻进父亲为我铺的干草窝。一入冬父亲就不沾床了,在里间厚厚铺一层干草,说软和得劲。这些干草父亲洗过三遍晒过三遍,身子一动,便有清香弹腾出来。这时听见院子里有响动,可能是谁家的狗进了来。父亲母亲从来不锁院门,院门上那把锁不知锈了多少个年头,好像我小时候它就锈在那里。

才一顿饭工夫,父亲母亲就回来了。我问:演完了?完了。隔着灰沙沙的灯光,我看见父亲一边回答一边去煤火上取酒壶,他有一个习惯,每天睡觉前要喝几口,酒是出门前温上的。我说:"以前演电影人山人海的,狗都跟着去,现在咋啥动静没有就结束了?"父亲把烧好的花生装了回来,一边嗑一边和酒壶嘴对嘴

喝了一口,还忙里偷闲回答我:"哪有人瞧?只我们一堆老头老太,瞧半夜啥也没瞧懂,光说以后庄稼也要吃味精了。"我说是不是宣传"惠满丰"助长剂,说跟人吃味精一样,庄稼用了长得更好?父亲母亲点头说对,然后钻另一间屋歇下了。

我却半天睡不着,起身出来,见满天星斗,西院抓钩婶家的猪在打鼾,墙根的老母鸡稍一动便弄出一阵"咔啦"声。乡村之夜真静呀,静得让人不敢抬脚了。这时有声音从西窗传出来:"你个老东西别忘了!娃打小就不吃肥肉,赶明割肉可得全割瘦的!"

是父亲的声音,又像梦呓。

眼　泪

张林心硬,生下来不会哭,哭也不见泪。有一次和邻村小孩干架,被"俘虏"了,人家用大耳光抽他,脸抽肿了也没哭一声,最后把那帮小孩吓跑了。长大后这个毛病成了麻烦,本家老人不在了,张林参加丧事,却不会哭。努力了很多次,还是不会哭,叔伯兄弟都说他不对:"俺老人不在了你不哭,将来你老人不在了俺也不哭。"村人也评论他不对,张林为此非常苦恼。

这次一个本家婶殁了。出殡头天晚上,孝子们守灵,烧纸客不断,男客男孝子哭,女客女孝子哭。张林干号半天,想了一堆伤心事,还是不见半滴泪。他娘把他喊到一边,问:"今儿掉泪没有?"他摇摇头,娘很生气地用手指戳他脑门:"命硬的东西!将来我老了,怕也收不了你一滴泪!"张林也很生自己的气,心说明儿出殡干脆弄点姜呀蒜呀擦擦眼睛。

再回灵棚,孝子跑了一半,瞧吹响器去了,说一个女戏子要表演脱衣舞。张林凑过去瞧热闹,他个矮看不见,光能听见那个戏子在唱:我的心在等待,在等待……节奏快了一个节拍,典型的响器班风格。张林找了两块砖,垫到脚下,才看见了响器班。一个敲架子鼓的披肩发,一个按手风琴的"小辫子",一个拉二胡的"眼镜",一个吹唢呐的光头,还有一个打木拍的瘸子,既现代又传统,一干人真是不伦不类,戏子唱完歌,众人不依,说不来点好看的就不让主家给钱。又有人嚷嚷:几日前另一桩白事上响器班啥绝活都拿出来了,你们可不能保守!这时按风琴的"小辫子"当开了报幕员:"下面请孙红云小姐为大家表演模特舞……"张林一听这个名字,心里不由一咯噔,他赶紧伸长脖子往里看。

果真是她!当年念高中时的那个同桌,张林对她有过一段很纯很纯的暗恋,一直藏在心里。她不是去县剧团当演员了吗?咋又成了响器班的戏子?张林想着,那边已经开始表演了。音乐声中,这位同学拧屁股甩胯,身上本来并不多的衣服被她一一扔在地上,最后只剩下"三点一式",众人哇哇叫好。"小辫子"问大家"要不要彻底一点?",众人一齐答:"要!""小辫子"开始卖关子:"哪位若肯出钱助兴,孙小姐就把裤头飞了。"大家立即静了下来,村里的富户老铁递上一张票子,"小辫子"接了,冲她喊:"表演!"音乐又起,这位同学当真把裤头脱了,张林不忍目睹,垂下了头,谁知裤头里面还套着一个裤头,众人大呼上当。"小辫子"又要人出钱助兴,说这次一定来真的。老铁又递上一张票子,裤

头里面还套着一个裤头,众人又叫上当,"小辫子"抓紧时机再吊大家的胃口。

张林实在看不下去,心里说不出的难受。想起在学校,这位孙同学在他心目中比公主还高贵,自己连给她写情书的勇气都没有,可现在……回到灵棚,张林鼻子突然一酸,忍了又忍没忍住,抽泣起来,后来竟失声痛哭起来,泪水哗哗地往外流,有人来劝,他反而哭得更凶了。他娘在一边见了,宽慰地松一口气:我儿有进步了!

次日出殡,张林又是大泪滂沱,村人都夸:张家这小子学懂事了!